很少有文体能像科幻作品这样既有文学性，又有科学的想象力。科幻能帮助孩子们建立起理性思维，培养孩子的想象力，留住孩子的好奇心。创作出让孩子能看得懂的少年科幻作品，是我一直坚持的目标。

杨鹏

浩瀚神秘的宇宙和无数未知的星球不断地提醒我们，应该始终保持谨慎与敬畏。

永不止息运转着的内心世界，可以如钢铁一般强大。
人类肉体如此渺小，精神却能遨游整个宇宙。

人类命运是一个共同体，共同发展科技是人类应对未来危机的出路。只有通力合作，人类历史才能永续。

希望所有的孩子，
在领略科幻小说的大气磅礴后，
对世界永葆一颗单纯的少年之心。

给少年的科幻经典

与火星人同行

杨鹏 等 著

时代出版传媒股份有限公司
安徽科学技术出版社

图书在版编目（CIP）数据

与火星人同行 / 杨鹏等著. —合肥：安徽科学技术出版社，2020.6
（给少年的科幻经典）
ISBN 978-7-5337-8224-5

Ⅰ.①与… Ⅱ.①杨… Ⅲ.①儿童小说—幻想小说—小说集—世界
Ⅳ.①I18

中国版本图书馆 CIP 数据核字（2020）第 066915 号

YU HUOXINGREN TONGXING

与火星人同行

杨鹏 等 / 著

出 版 人：丁凌云　　　　选题策划：张 雯 陈芳芳　　责任编辑：张 雯
特约编辑：袁 圆　　　　责任校对：沙 莹　　　　　责任印制：廖小青
封面设计：武 迪　　　　封面插图：陈余夔
出版发行：时代出版传媒股份有限公司　　http://www.press-mart.com
　　　　　安徽科学技术出版社　　　　　http://www.ahstp.net
　　　　　（合肥市政务文化新区翡翠路 1118 号出版传媒广场，邮编：230071）
　　　　　电话：（0551）63533330
印　　制：安徽新华印刷股份有限公司　电话：（0551）65859551
（如发现印装质量问题，影响阅读，请与印刷厂商联系调换）

开　　本：635×900　1/16　　印张：14　插页 4　　　字数：290 千
版　　次：2020 年 6 月第 1 版　　2020 年 6 月第 1 次印刷

ISBN 978-7-5337-8224-5　　　　　　　　　　　　定价：24.00 元

打开少年科幻阅读之门

杨鹏

少年科幻作品的创作，一直存在着两种创作本位，即"儿童本位"与"成人本位"。虽然作者在创作时，未必能意识到这一点，但不同的创作本位，在看到的世界图像、展现的精神图景、表现的语言状态、展示的文本形态等方面，都是不一样的。

"儿童本位"，是指作者始终站在少年儿童受众的本位去创作少年科幻作品。在他们的眼中，少年儿童和成年人一样，是完整的、独立的，和成年人完全平等（甚至是更加聪明、具有后喻文化优势、不需要成年人去训诫的"人"）。他们从少年儿童作为"人"在这一时期的心理特点、兴趣爱好、知识需求、理解能力、阅读期待、与成年人及世界的关系等方面进行创作。作者的态度是防御性的，他们认为少年儿童的想象力和优秀品质是与生俱来的，成年人的某些僵化的思维与陋习会对孩子的童年和想象力造成损害，因此他们需要不遗余力地保护孩子的童年与想象力。这类作者是少年儿童的代言人。他们在创作作品时，虽然不能完全放弃其作为成年人的一些特质，如成年人的世界观、价值观等，但他们是在有意识的状态下最大限度地舍弃了其成年人的角色，返回了童年。其实，许多作家内心深处的某一部分从未长大，永远停留在童年或者少年时期的某个阶段，所以他们清晰地记得自己在那个阶段的爱好、需求、对语言的感受、对成年人的看法、对世界的判断，以及什么样的科幻作品最能引起他们的兴趣。因此，他们不需要俯身去迁就少年儿童读者，只需要按照内心深处那个永远长不大的孩子的眼光、爱好、需求去创作，就能轻而易举地写出俘获少年儿童读者的科幻小说。

"成人本位"，则是以创作者个人的成年人角色为本位去创作少年科幻作品。这一类作家在创作时，坚守自己的成年人视角、思维和理念，为少年儿童创作作品。在他们的眼中，少年儿童是"不完整的人"，需要他们用科幻小说去潜移默化地植入正确的科学知识、科学理念、科学方法、科学思维，需要他们用代表人类先进文化的、具有前瞻性的科幻小说为武器去抵御外来不良文化和愚昧思想的入侵。他们坚信只有这样，少年儿童在成长中才不会误入歧途，才能拥有正确的价值观，才能成长为优秀的"人"。这类作者认为他们是少年儿童的教育者，他们也在保护着少年儿童。不过，

"儿童本位"作家抵御的对象是所有长大的成年人，而"成人本位"作家抵御的对象是与他们世界观不一样的成年人。这类作者在创作少年科幻小说时，俯下身去模仿儿童。他们中的大多数完整地度过了自己的童年，基本上没有童年创伤，但他们的童年经验是模糊、不完整的，甚至是缺失的。他们的创作经验多是来自创作成年科幻小说的经验。他们只是将主人公或主要角色转换成少年儿童，运用他们心目中的儿童语言去为少年儿童创作。他们在讲科学原理时，只不过是采用了更加浅显的讲述方式，在创作心态上高于儿童。

此外，对于未成年人来说，不同的年龄阶段对作品的需求是不一样的。孩子的年龄越小，其在成长过程中阅读的变化就越大。即使到了小学阶段，低年级的孩子与中高年级的孩子，阅读作品的形态也是完全不同的。上初中后，阅读作品的形态逐渐稳定下来，初中生和高中生阅读作品只是知识和语言的难度上的区别。由于这个原因，少年科幻作品在文本形态，如人物塑造、语言结构、故事性、知识程度等方面都是不同的，需要细分。"儿童本位"的作者，在小学阶段创作形态的细分上，更具优势，因为他们内心深处的某一部分仍然停留在这一阶段，深谙这一阶段孩子的心理特点、阅读期待和语言习惯。"成人本位"的作者，在创作适合小学高年级以及中学阶段读者的作品方面，更具优势，因为这个年龄段的青少年阅读的作品，与成年人的作品已十分相近，没有阅读壁垒和阅读障碍，心理认同上也更加趋向于成年人。

"儿童本位"和"成人本位"在创作上没有高下之分。只要作品是优秀的，它们就都是孩子的良师益友。

　　本丛书收集了中外科幻小说名家专门为孩子创作的优秀少年科幻小说。这些作品，同样可以用"儿童本位"和"成人本位"来区分。了解了两种不同的创作本位，我们就得到了打开少年科幻阅读之门的一把钥匙。

目 录

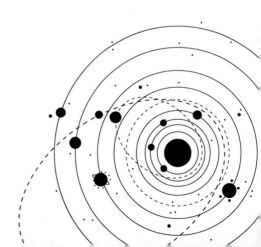

与火星人同行

[美] 斯坦利·G.温鲍姆

"艾里斯号"飞船

在"艾里斯号"总部狭窄的房间里，迪克·贾维斯尽可能舒适地伸展了一下。

"能呼吸到空气了！"他喜悦地说，"呼吸过外边那稀薄的东西，这里的空气就好比浓汤似的有滋味！"他朝着火星上的景物点了点头。在越来越靠近月球的亮光中，透过洞窗玻璃可以看到火星平坦又荒凉的景象。

另外三个人以同情的目光凝视着他，他们是工程师普茨、生物学家莱罗伊和天文学家兼探险队队长哈里森。迪克·贾维斯是化学家。

"艾里斯号"承载着这些著名的探险队员登陆火星，他们是第一批踏上地球神秘的"邻居"的人类。这次探险发生在美国狂人多赫奈不惜牺牲生命完善了原子冲击波之后不到二十年的时候，发生在另一狂人卡多萨乘上冲击波飞往月球之后仅十年的时候。

"艾里斯号"里的这四个人是真正的先驱者。除去六次月球探险以及在进入富有魅力的金星轨道但不走运的"杰兰西号"上飞行，他们是第一批感受到地球以外引力的人，当然也是第一批成功地离开地月系的人。他们经受了种种困难和不便：返回地球时，在适应舱内度过的那几个月，要学会呼吸火星上那样稀薄的空气；要在窄小的火箭里克服失重感，毕竟那火箭是由二十一世纪那种运转不稳定的发动机所驱动；更主要的是，要面对一个全然无知的世界。考虑到这些，可以说，他们的荣誉是当之无愧的。

贾维斯又伸展了一下身子，用手指抚摸着因撞伤而脱了皮的霜冻鼻尖，继而满意地舒了一口气。

"好啦，"哈里森突然大声地说，"我们都想听听事情经过呢！你好端端地乘坐辅助火箭出发，我们十天不见你的人影，最后普茨把你从疯狂的蚁冢里拣了起来，还有一只畸形鸵鸟作你的伙伴！Spill①吧，伙计！"

"Speel？"莱罗伊迷惑不解地问道，"Speel什么？"

---

① Spill是美国俚语，意为"泄露秘密"。莱罗伊是法国人，把 Spill听成 Speel（意为"爬"），因此困惑不解地问："爬？爬什么？"。普茨是德国人，把 Spill解释成德语中的Spiel，此处作"讲"解。作者有意把这三个语音相近的词凑在一起，构成有趣的插曲。

"他是说Spiel，"普茨从容不迫地解释道，"意思是'讲'。"

　　贾维斯迎着哈里森逗趣的目光，脸上没有一丝笑容。"对，"他完全同意普茨的解释，"我讲吧！"他轻松自在地咕哝着，便开始讲述。

　　"根据命令，我注视着卡尔从这里往北起飞，接着我进入火箭往南飞去。队长，你还记得我们得到命令不得降落，只是寻找有趣的目标。我用两台照相机'咔嚓咔嚓'地拍摄，然后匆匆飞走。我飞得很高，大约有二千英尺①。这有两个理由——第一，给照相机一个较宽广的视野；第二，如果飞低了，下射式喷气发动机的射流深入这个名为'空气'的半真空中，会搅起灰尘。"

　　"这些我们已经从普茨那里听过了，"哈里森咕哝道，"你要是能保全胶卷就好了。它们或许能抵偿这次漫游火星的开销。还记得吗？当时人们多么争先恐后地去观看第一批月球的照片呀。"

　　"胶卷没有问题。"贾维斯反驳了一句，接着说，"是啊，我刚才说了，我以相当快的速度飞去。我们估计，在这样的空气中，以每小时低于一百英里②的速度飞行，会导致机翼升力不足，所以我那时不得不使用下射式喷气发动机。"

---

① 英尺是英制长度单位，1英尺≈0.3048米。
② 英里是英制长度单位，1英里≈1.609米。

"因此，速度和高度以及下射式喷气发动机扬起了灰尘，导致视线模糊。可是，我完全可以看得清楚，我们所飞过的地方尽是些像我们着陆之后整个星期都在考察的那种灰色平原——一样的黏糊糊的生长物，一样的无穷无尽、遍地爬行的小植物动物，也就是莱罗伊所说的节肢动物。我一面往前飞，一面按指示每小时汇报我的位置，不知道你听到没有。"

"听到了！"哈里森猛地应了一声。

"往南过了一百五十英里，"贾维斯冷静地继续说，"火星表面的地形转变为一种低高原，只见橘红色的沙漠。我估计当时的猜测是对的，我们降落的那个灰色平原确实是西梅里姆海①，由此推论，我见到的橘红色沙漠就是叫作赞瑟斯的区域。如果我估计得对的话，再飞两百英里，我就应该能找到另一个叫作克劳尼姆海的灰色平原，以及一个叫作赛尔一或赛尔二的橘红色沙漠——我也确实找到了。"

"普茨在一个半星期以前就核实了我们的位置！"队长咕哝着，"闲话少说。"

"重点来了！"贾维斯说，"进入赛尔二十英里，信不信由你，我飞过了一条运河！"

"普茨拍下上百张照片了！让我们听些新鲜事吧！"

"那么他也看见一座城市了？"

---

① 天文学上的"海"，不是指一般的海，而是指平原。——译注

"如果你把那些烂泥堆也看作城市的话,那么城市就多得很了!"

"好吧,"贾维斯说,"从这里开始我就讲些普茨不曾见到的东西!"他擦了擦刺痛的鼻子,接着说:"我知道在这个季节有十六小时是白昼,因此从这儿飞出八小时,也就是八百英里之后,我决定返航。我当时还在赛尔上空,深入里面不超过二十五英里,只是无法确定是赛尔一还是赛尔二。就在那里,火箭的小发动机停了!"

"停了?怎么会?"普茨担心地问。

"原子冲击波减弱了。我开始下坠,最终'砰'的一声落到了赛尔中间!鼻子也在窗上撞破了!"他沮丧地擦了擦受伤的部位。

"你试过用硫酸冲洗燃烧室吗?"普茨问道,"有时导管会再次发生辐射。"

"好了!"贾维斯厌恶地说,"我可不愿意试,当然——不愿意试上十来次!此外,撞击压扁了起落架,毁坏了下射式喷气发动机。如果我把这玩意儿发动起来了,那会发生什么事呢?要么它底部发出的冲击波会把我抛出十英里,要么我踩着的地板会被全部熔掉!"他又擦了擦鼻子,"对我来说幸运的是,在这里人的质量只有在地球上的三分之一,否则我准得粉身碎骨了!"

"我能修好!"工程师突然说道,"我敢说情况并不严重。"

"或许如此，"贾维斯讽刺地同意道，"只是它飞不起来。情况并不严重，但是我只能等待你们把我救起，或者我设法走回来，走上八百英里。为了赶在你们离开火星之前与你们会合，我大概要走上二十天，每天走四十英里！"他说，"最后，我选择了走回来。这与被你们救起的机会相等，但会使我极其辛苦。"

　　"我们会找到你的。"哈里森说。

　　"很可能。不管怎样，我用一些安全带凑成一根背带，背上水箱，拿了左轮手枪和弹药带以及一些罐头食品，就这样出发了。"

　　"水箱！"小个子生物学家莱罗伊叫道，"它有四分之一吨重呢！"

　　"水箱不满。在地球上大约重二百五十磅^①，在这里重八十五磅。此外，我自己体重二百一十磅，在火星上只有七十磅重。所以，水箱和其他一切算在内，净重一百五十五磅。在我决定每天步行四十英里时，我考虑到了这一点。噢，我还带了一只热膜睡袋，以便应付火星寒冷的夜晚。

　　"我出发了，相当快地向前弹跳。白昼还剩八小时，这意味着可以走二十多英里的路程。当然，这使人疲劳，在软绵绵的沙漠上赶路，什么也看不到，就连莱罗伊说的爬行的节肢动物也看不到。但是约莫过了一小时，我走到了那条运

---

① 磅是英制质量单位，1磅≈0.454千克。

河旁。那只是一条宽约四百英尺的干枯河道，就像铁路公司地图上画的铁路线那样直。

"可是这里曾经有水。河道覆盖着看来像是漂亮的绿色草坪样的东西。只是待我靠近时，草坪却离我而去。"

"啊？"莱罗伊发出惊呼。

"是啊，它是你所说的节肢动物的一个'亲戚'。我抓到了一只，外形像一片小小的草叶，大约有我手指那么长，有两条多梗的细腿。"

"它在哪儿？"莱罗伊急切想知道。

"我把它放走了，毕竟我得赶路。在我前行时，那些会走路的草向两旁分开，等我走过以后又合拢起来。接着，我又踏上了赛尔的橘红色沙漠。

"我埋头赶路，诅咒着使我举步维艰的沙土，偶尔也诅咒卡尔你那古怪的发动机。就在黄昏以前，我到达了赛尔的边缘，眺望着灰色的克劳尼姆海。我知道要穿过克劳尼姆海还有七十五英里的路程，接着便是二百英里的赞瑟斯沙漠，最后还要走差不多的路程才能通过西梅里姆海。我难道会高兴吗？我甚至开始诅咒你们这些不来搭救我的家伙！"

"我们试过了，你这傻瓜！"哈里森说。

"那没有用。好了，我想我不妨利用白天仅剩的一点时间爬下围绕赛尔的悬崖。我找了一个容易的地方爬了下去。这个地方与克劳尼姆海一般模样，到处是古怪的无叶植物和一群群爬行物。我瞥了它们一眼，打开了我的睡袋。在此之前，我在这个半死的世界里尚未见到任何值得担忧的东西——就是说，没有什么危险的东西。"

"你没看到过？"哈里森问道。

"我当然看到了！讲下去你就知道了。我刚要睡觉，忽然听到一种最不可思议的Shenanigans①。"

"什么叫'Shenanigans'？"普茨问道。

"他说'Jenesaisquoi'，"莱罗伊解释道，"就是'我不知道是什么'。"

"对了，"贾维斯同意道，"我不知道是什么，因此我就偷偷地过去，想探个究竟。只听到一片喧闹声，好像是一群乌鸦正在吞食金丝雀——尖叫声、咯咯声、呱呱声、啭鸣声，什么声音都有。我绕过一个树桩丛，看见特威尔就在那里！"

火星人特威尔

"特威尔？"哈里森问。

"特威尔？"莱罗伊和普茨也问。

"就是那只古怪的鸵鸟。"贾维斯解释道，"至少，如果我不急促地发出这个音的话，'特威尔'是我所能发出的

---

① Shenanigans在美国口语中的意思是"鬼把戏"。普茨不解其意，莱罗伊从发音推测，以为是法文Jenesaisquoi，即"我不知道是什么"。

最接近的音。他叫起来有点像'特特特威威尔尔'。"

"他在干什么？"队长问道。

"他正在被吞食，所以在尖叫！人人都会这样。"

"被吞食？被什么吞食？"

"后来我弄明白了。当时我所能见到的是一群黑色绳状的手臂缠住一只看上去像鸵鸟的东西，就像普茨给你们描述过的那种东西。我自然不打算干预，如果两只动物都危险，拼掉一只的话，我也好少一些麻烦。

"但是那只鸵鸟突然一边尖叫，一边用十八英寸①长的嘴狠命地回击。此外，我有一两回瞥见那些手臂末端是些什么玩意儿。"贾维斯打了个寒战，"但是最关键的是，我注意到鸵鸟的脖子上悬挂着一只黑色小袋，或者说是容器。因此，我断定它是有智慧的，或者是被驯服的。不管怎样，这时我做出了决定。我拔出自动枪，朝着那些黑色手臂开枪射击。

"那些手臂垂死挣扎了一番，喷射出黑色浓液，接着发出一阵令人作呕的吮吸声，把身子和手臂缩入地上的一个洞中。鸵鸟则发出一阵阵啪嗒声，身子摇晃着站了起来，我注意到他那支撑身子的腿大约和高尔夫球棒一样细。他突然转过身来面对着我，我也立即握住武器防备着，我们俩相互凝视着。

"实际上，这个火星生物并不是鸵鸟，甚至不像鸟类。只是第一眼看见时会觉得有点像，因为他确实有一只长长的

_____

① 英寸是英制长度单位，1英寸≈2.54厘米。

嘴，嘴边还有少许羽毛般的附属物。但是，他的嘴并非鸟嘴。他的嘴很灵活，尖锐并且能向两旁弯曲，简直像是鸟嘴和象鼻的结合体。他的脚上有四根脚趾，他的可以叫作手的东西上有四根手指，他的躯体圆圆的，长长的脖子末端是一颗小脑袋，还有那只长嘴。他站直身子时比我高一英寸左右，以及……对了，普茨见过的！"

工程师点点头："对！我见过！"

贾维斯继续说下去："就这样，我们相互凝视着。最后他发出一阵咯咯声和吱吱声，向我伸出了空着的双手。我把这个看作是一种友好的姿态。"

"也许，"哈里森提出他的看法，"他看见了你的鼻子，以为你是他的兄弟呢！"

"嘿！你不说话也已经够滑稽可笑了！不管怎样，我举起枪说'啊，不用谢'，或者诸如此类的话。那东西就走了过来，于是我们成了伙伴。

"那个时候，太阳已经落得很低了，我知道我应该生个火或者钻进我的热膜睡袋里去，但最后我决定生个火。我选择了赛尔悬崖脚下的一个地方，那里的崖岩在我背后散发着余热。我动手折断干燥的火星植物，而我的同伴领会了我的意图，也捧来一大把。我伸手摸火柴，但是火星人用手探入袋子，取出了一块像是灼热的煤块的东西，那东西一碰植物堆，火就熊熊燃烧起来。你们都知道，在这种空气中生个火该有多费劲儿！"

"他那袋子好极了！"贾维斯接着说，"那是件制成品。按一下侧面，它就立刻打开；再按一下中间，它就马上合拢。这样的设计比拉链式更好。

"我们一起凝视了一会儿火焰。随后，我决定与火星人进行某种形式的交流。我指指我自己说'迪克'，他马上明白了我的意思，伸出一只瘦骨嶙峋的爪子抓着我，也说了声'蒂克'。接着我指指他，于是他发出那种我称之为'特威尔'的啭鸣声，不过我模仿不出他的腔调。事情进展顺利，为了强调我们俩的名字，我重复了'迪克'，然后指指他重复了'特威尔'。

"交流到这里就卡住了。他先是发出某种听起来像是否认的咯咯声，接着又发出类似'泼泼泼鲁特'的什么。而那仅仅是开始，我总是说'迪克'，可是他有时说'特威尔'，有时说'泼泼泼鲁特'，有时甚至发出一种别的声音！

"没办法继续交流了。我试了'石头'，试了'星'、'树'和'火'，还有天知道别的什么东西，但是不管我怎么试，一个字我也没弄懂！连续两分钟，他对任何一样东西都没有固定的发音反馈。如果那能说是语言，我就是炼丹术士了！最后我放弃尝试，叫他特威尔，似乎还行得通。

"但是特威尔却对我说的几个单词记得很牢。在我看来，这已是一大成功。但是对于他说的话，我一窍不通，也许是我没有领会某个微妙之处，也许是我们的思维方法根本不一样，我倒相信后一种猜测。

"我还有别的理由相信后一种猜测。过了不久，我放弃了语言，转而尝试用数字沟通。我在地上写下'2＋2＝4'，并用卵石做了说明。特威尔再次心领神会，并回答我'3＋3＝6'。我们似乎又一次有所进展。

"在了解到特威尔至少受过一定程度的教育以后，我画了一个表示太阳的圆圈，先指指画的圆圈，再指指太阳的余晖；接着，我又在图上添上水星、金星、火星以及我们居住的地球；最后我指着火星，双手向四周挥动，做出表示'包含一切'的手势，告诉他我们目前所在的就是火星。我逐渐地让他明白，我的家在地球上。

"特威尔完全理解了我的图解。他用嘴指着图，在连续的啾鸣声和咯咯声中，他给火星添上了德莫斯和福博斯[①]两颗卫星，然后又把地球的卫星——月球画了进去！

"你们明白那证明了什么吗？那证明特威尔的种族有望远镜，证明他们是文明开化的！"

"证明不了！"哈里森喝了一声，"月球作为五等星在这里是看得见的。他们用肉眼就能看到它的运行。"

"月球确实是看得见的！"贾维斯说，"你没有明白我的意思。在火星上是看不见水星的，但是特威尔知道水星，因为他不是把月球画在第二行星位置上，而是画在第三行星位置上。如果他不知道水星，他会把地球放在第二，把火星

---

① 火星的两颗天然卫星，英文分别为Deimos和Phobos，这里为音译。

放在第三而不是第四了！明白吗？"

"哼！"哈里森说。

"不管怎么样，"贾维斯摇着手说，"我继续给他上课。情况进展顺利，看来似乎我能使他明白我的意思。我指指图上的地球，又指指我自己。为了让他更准确地明白我的意思，我又指指自己，接着指指差不多已在天顶闪耀着亮绿色光芒的地球。

"特威尔发出一种非常兴奋的咯咯叫声，因此我断定他是懂了。他上蹿下跳，突然，他指指自己又指指天空，接着，他再一次指指自己又指指天空。他先是指指自己的腰部，又指指大角星；接着他指指自己的头，又指指角宿一；然后，他指指自己的脚，又指指其他五六颗星。而我则目瞪口呆地瞧着他。这时，他猛然纵身一跃。伙计，这一跃有多高呀！他笔直地射入星空中，差不多有七十五英尺高。我看见他在天空中的身影，又看见他转身，头朝下地向我冲来，并像标枪似的'啪'的一声用长嘴着地，一点不差地戳在沙土中我画的太阳圆圈的中心！"

"疯子！"队长说，"真是疯子！"

"我也那么想过！正当我瞠目结舌注视他的时候，他把头从沙土里拔出来，然后站了起来。我猜测他是没有明白我的意思，于是又把话原原本本地唠叨了一通。结果还是一样，特威尔又一次把嘴插进我图画的中心！"

"这或许是一种宗教仪式。"哈里森提出他的看法。

"或许是。"贾维斯含糊其词地说，"交流又在这里卡住了。我们只能在某种程度上交流，后来就不行了！在我们身上有种东西不一样，导致交流不能继续。我不怀疑特威尔觉得我疯了，正如我觉得他疯了一样。我们的脑子是从不同的角度来看待世界的，或许他的观点和我的观点一样的正确，但是我们就是碰不到一起。然而，尽管困难重重，我还是喜欢特威尔，并且我有一个奇怪的念头——我相信他也喜欢我。"

　　"疯子！"队长重复了一遍，"真是疯子！"

　　"是吗？等着瞧吧。有几次我曾想过或许我们……"贾维斯顿了顿，又继续他的叙述，"不管怎么样，我最后放弃了尝试，钻进热膜袋子睡觉去了。那火焰并不使我感到很暖和，倒是那糟糕的袋子起了作用，裹在里面五分钟我就觉得闷热起来，于是我把袋子打开了一点，嘿！零下八十多度的空气袭击了我的鼻子。就因为贪图一时舒服，我那在火箭坠毁时被撞破的鼻子就此增添了冻疮。

　　"我不知道特威尔对我睡觉这件事是怎么想的。他起初席地而坐，但当我醒来时，他就不见了。不过，我刚爬出睡袋就听到啁鸣声，原来他回来了。只见他从三层楼高的赛尔悬崖上飘然而下，长嘴插地地落在我身旁。我指着自己又指向北方，而他指指自己又指向南方，可当我整装待发时，他却随我一同上路。

　　"伙计，他走得多快呀！他纵身一跃便是一百五十英尺，活像一根梭镖在空中飞来飞去，接着长嘴朝下插落在我身旁。看到我吃力地行走，他显得惊异，但过了不久他就又落到我身旁。他每隔几分钟才这样跳跃一次，然后一头插进我前方很远处的地里，接着又迅速回头向我飞来。起初见到他那尖嘴梭镖似的向我射来时，我还有些紧张，但他每次都落在我身旁的沙地中。

"我们俩就这样尽力穿越克劳尼姆海。到处是一个模样，一样的古怪植物，一样的在沙中生长或者是为避开我而爬开的绿色的小节肢动物。我们说着话——这不是因为我们听得懂对方说的话，只是因为结伴同行；我唱着歌，我怀疑特威尔也在唱歌，至少他的某些啾鸣声有着一种微妙的节奏感。

"还有，为了让路上不那么无聊，特威尔还会向我展示他学到的那几个单词：他会指着露出地面的岩层说'石头'，又指着一块卵石再说一遍；或者他会碰碰我的手臂说'蒂克'，然后再重复一遍。对于同一个词接连两次表示同一事物，或者同一个词能应用于两个不同的物体，他似乎感到极其有趣。这使我意识到或许他的语言与地球上某些原始民族的语言有点相像，比如像某些地区矮小的黑种人的语言。他们没有表示类属的词语，例如没有表示食物、水或人的词语，只有表示好的食物和坏的食物的词、雨水和海水的词，以及强壮的人和瘦弱的人的词。他们原始到不能理解雨水和海水乃是同一事物的不同状态，但特威尔的情况并非如此。那只是我们之间有点莫名其妙的不一样——我们的思维不一样，然而我们喜欢彼此！”

"发疯，就这么回事，"哈里森说，"因此你们两个才喜欢彼此。"

"那么，我喜欢你！"贾维斯恶狠狠地反击说。"不管怎样，"他接着说，"别以为特威尔疯癫或者有什么怪僻。事实上，我肯定他是能在我们至高无上的人类智慧面前露一两手的。我想，虽然他不是知识超人，但他设法理解了一点我的思维活动。可不要小看这件事，要知道，我对他的思维活动可是一点儿也琢磨不透。"

"因为他根本没有思维活动！"队长提出他的看法时，普茨和莱罗伊聚精会神地听着贾维斯的讲述，眨着眼睛。

"等我讲完以后你再下结论吧。"贾维斯说，"那一天和第二天，整整两天，我们都在吃力地横跨克劳尼姆海。克劳尼姆海——时间之海！啊呀呀，到达行程终点时，我心甘情愿地同意斯夏帕雷利①的这个命名！全是一望无际的灰色平原和神秘植物，丝毫没有一点别的生命迹象，单调极了。因此，第二天接近黄昏时，见到赞瑟斯沙漠竟会让我感到高兴。"

---

① 全名乔范尼·弗吉尼奥·斯夏帕雷利（Giovanni Schiaparelli），意大利天文学家（1835—1910）。

硅石妖

"我已经精疲力竭，可是特威尔看上去依然很有精神，尽管我从未见他喝过水或吃过东西。我想凭他一跃就是一大段的长嘴插地飞行术，他本来两小时就可以穿过克劳尼姆海的，但他坚持与我同行。有一两回，我请他喝点水，他从我手中接过杯子把水吸进嘴里，接着小心地把水全部喷回杯子，严肃地退还给我。

"正当赞瑟斯或者说环绕它的悬崖映入眼帘时，刮起了一阵狂暴的沙云。虽然没有我们在这里碰到的那样厉害，但迎面走去仍不好受。我扯起热膜睡袋的透明盖子，掩住面部，设法抵挡一阵。我注意到特威尔用它的嘴边那些长得像髭须的羽毛般的附属物盖住鼻孔，并用一些类似的茸毛遮住眼睛。"

"他是沙漠动物！"小个子生物学家莱罗伊突然说道。

"喂，为什么？"

"他不喝水——他适应沙暴——"

"这证明不了什么！在这个叫作火星的干燥星球上，哪儿都没有足够的水可以浪费。要是在地球上，我们会把这种地方全称作沙漠。"贾维斯停顿了一下，"不管怎么样，沙暴刮过以后，一阵阵小风不时拂面吹来，风力之小不足以搅起沙尘。但是，有些东西突然从赞瑟斯悬崖上飘落下来。那是些透明的球体，简直像玻璃乒乓球！但是很轻，轻得甚至能在这种稀薄的空气中飘浮起来，而且是空心的。我至少砸破了两个，里面没有东西，只冒出一股难闻的气味。我问特威尔这是什么东西，但他只是说，'不，不，不！'我认为他是在说他不知道这是什么。它们就那样像风滚草或者肥皂泡似的弹跳而去。

　　"我们朝赞瑟斯继续前进。有一次，特威尔指着一个水晶球说'石头'，但是我因过于疲劳而没有同他争辩。后来我才明白他的意思。

　　"我们终于来到赞瑟斯悬崖脚下，这时白天已所剩无几。我决定就睡在高原上。我推想，任何潜伏着的危险东西更可能是从克劳尼姆海的植物中而不是从赞瑟斯的沙漠中钻出来的。除了缠住过特威尔的那只长着绳状胳膊的黑怪物，我没见到什么威胁的迹象。显然，那黑怪物并不会四处觅食，而是引诱它的猎物进入埋伏，进而捕食之。它不能在我睡觉的时候引诱我，而特威尔，他好像根本就不睡觉，而是耐心地整夜席地而坐。我不知道那怪物是怎样使特威尔落进圈套的，但也无法向他问个明白。后来我才知道原因，那是鬼迷心窍！

　　"我们沿着赞瑟斯环形山脚缓慢地行进，寻找一个好攀登的地方。至少我是如此！特威尔可以轻而易举地跳上去，因为这里的悬崖低于赛尔悬崖，或许才六十英尺高。我找到一个地方开始攀登，一边攀爬，一边诅咒着系在我背上的水箱。只有在攀爬时，我才觉得它是个麻烦。突然，我听到一种我能识别得出来的声音!

　　"你们知道,在这种稀薄的空气中,声音是多么容易使人误解。打枪的声音听起来就像开个瓶塞,'砰'的一响而已。但这声音是火箭的嗡嗡声,它果然是我们的第二个辅助火箭,它在往西大约十英里处,在我与夕阳之间的上空飞行!"

　　"是我!"普茨说,"我在寻找你。"

　　"是啊,这我知道,但对我有什么用呢?我攀上悬崖大声呼喊,一只手挥舞着。特威尔也看到了火箭,他发出一阵啾鸣声,跳到悬崖顶上,又跃入高空。在我的注视下,火箭嗡嗡往南飞去,最后消失得无影无踪了。

　　"我爬到悬崖顶上。特威尔还在兴奋地指指点点,咯咯啾鸣,往上一跃,直蹿入天空,接着头朝下俯冲下来,把嘴插入沙中。我指向南方,又指指自己,他说'是——是——是'。但不知怎么地,我猜想他以为那飞行物是我的一个亲戚,或许是母亲。或许我对他的智力评价不当,现在想来,的确如此。

　　"由于没能吸引到火箭的注意,我深感失望。我拉开热膜睡袋便往里钻,因为我已明显地感觉到夜晚的寒冷了。特威尔把嘴插入沙中,缩起臂和腿,看上去活像那边一种无叶的灌木。我想他整夜就是那样待着的。"

　　"防护性拟态!"莱罗伊突然叫道,"明白吗?他是沙漠动物!"

"早上，"贾维斯继续说，"我们再次出发。在我们进入赞瑟斯，走了还不到一百码①的时候，我看见了一个可疑的东西！我打赌，普茨没有拍过这东西的照片！

　　"有一长列小角锥体，体积甚小，高不过六英寸，横向铺展在赞瑟斯上，一眼望不到尽头！这是些由小砖块构成的小建筑物，中间空而顶部平，或者至少是顶端破碎而内中无物。我指指它们问特威尔是什么，但是他发出一串表示否定的嘁鸣声，我认定他也不知道。由于角锥体往北延伸，而我也要向北方走，所以我们沿着它们排列的方向往前走去。

　　"伙计，我们沿着那一排东西走了几个小时！过了不久，我又注意到一桩奇怪的事情——角锥体渐渐变大了。每个角锥体内的砖块数目相同，但是砖块大了些。

　　"晌午时分，角锥体已经齐肩高了。我查看了几个，它们全部一样，顶端破碎而内中无物。我也检查了一两块砖，它们是硅石，但看起来都跟宇宙一样年代久远！

　　"它们已经风化，棱角已经磨平。硅石即使在地球上也不易风化，更何况在这种气候……"

　　"你认为有多少年了？"

　　"五万年……十万年。我怎么说得出呢？它们比我们上午见到的小硅石年代还要远些，或许古老十倍。它们在演变成粉末！要多少年才能变成这样？五十万年？有谁知道？"

---

① 码是英制长度单位，1码≈0.914米。

贾维斯停顿了一会儿。"对了，"他继续说，"我们沿着硅石继续向前走去。有一两回，特威尔指指硅石说'石头'，在这之前他曾多次这样说过。但是，他这些话或多或少是说对了。

"我试着盘问他。我指着角锥体问'人们？'并指指我们两人。他发出一种否定的咯咯声说，'不，不，不。不是一一二。不是二二四。'他一边说一边擦他的腹部。我只是凝视他，而他又把那番话重说了一遍。'不是一一二。不是二二四。'我只能哑口无言地凝视他。"

"这就证明了！"哈里森叫道，"他是个疯子！"

"你这样想吗？"贾维斯讥讽地问道，"我可不是这样想的！'不是一一二！'你当然不明白是什么意思，对吧？"

"我不明白——你也不见得明白！"

"我想我心中明白！特威尔是在用他知道的少数几个英语单词表明一个非常复杂的意思。试问，数学使你想到什么？"

"呃——天文学。或者——或者逻辑学。"

"这就对了！'不是一一二！'是特威尔想要告诉我，建造角锥体的并不是人；或者说，建造者没有智慧，不是理性动物，懂吗？"

"嘿！见鬼！"

"你或许才见鬼了！"

莱罗伊插嘴说："为什么他擦他的腹部？"

"为什么？我亲爱的生物学家，因为他的脑子就长在那里！不在他的小头里，而在他的腹部！"

　　"这不可能！"

　　"在火星上这就是可能的。这里的动植物和地球上的不同，你的节肢动物证明了这一点！"贾维斯咧嘴笑了笑，继续往下讲，"不管怎么样，我们继续赶路。下午三点左右又出了怪事儿——角锥体到了尽头。"

　　"到了尽头？"

　　"对。奇怪的是，最后一个角锥体顶部盖有东西，而这时的角锥体已有十英尺高了！注意到了吗？造它的东西还在里头。我们是从五十万年前的源头跟踪它到现在。

　　"特威尔和我几乎同时注意到了它。我迅即拔出自动手枪（里面装有一整弹夹的博兰爆炸子弹），而特威尔犹如变戏法一样，手法敏捷地从袋里掏出一支古怪的小小的玻璃左轮枪。这支玻璃枪很像我们的武器，只是枪柄稍大些，便于他的四指手掌握住它。我们握住枪，沿着角锥体的行列偷偷走过去。

　　"特威尔首先发现动静。角锥体顶部一层砖块开始起伏和摇晃起来，突然'轰'的一声从边缘轻轻滚落。接着，有样东西……有样东西出来了！

　　"一只银灰色的长臂出现了，其后拖着一个装甲的躯体。所谓装甲，其实是装备有色彩暗淡的银灰鳞甲。手臂将躯体从洞中拉了出来，那野兽就'轰'的一声撞倒在沙上。

"那是一只难以形容的动物，躯体像只大灰桶，一边长着手臂和一个嘴一样的洞口，另一边则是一条挺直的尖尾巴，没别的了。没有别的肢体，没有眼睛、耳朵和鼻子，什么也没有！那东西拖着身子向前爬了几码，将尖尾巴插进沙中，挺直了身子就这样坐着。

"特威尔和我注视它十分钟以后，它才又移动。接着，随着一阵吱嘎声和沙沙声，哦，像弄碎硬纸的声音，它的手臂伸向嘴形洞口，取出一块砖来！它用手臂小心地把砖块放到地上后，又静止不动了。

"十分钟以后，又是一块砖。真是一位天生的砌砖匠。我正要溜走继续赶路，特威尔指指那东西说'石头'！我'嗯？'了声，他又说'石头'。接着他啭鸣几声说'不——不——'，并做了两三次啭鸣呼吸。

"啊！我懂他的意思了，真没想到！我说'不呼吸？'并用动作表达了这句话的意思。特威尔快活极了，他说，'是，是，是！不，不，不呼吸！'说着纵身一跃，飞到离怪物一步之隔的地方，长嘴插地停住！

"我吃了一惊！你们可以想象，那怪物的手臂正举起来取砖，我估计自己会看到特威尔被抓住，被砸伤，但是——什么事都没发生！特威尔朝那动物猛力敲打，可它那手臂依然拿起砖块，并整齐地摆放在第一块砖的旁边。特威尔又叩击它的躯体，并说'石头'，我这才鼓起勇气亲自走过去察看。

"特威尔又说对了。那生物的确是石头，它并不呼吸！"

"你怎么知道？"莱罗伊插嘴说，他的一双黑眼睛闪耀着好奇的光芒。

"因为我是化学家。那动物是用硅石造的！沙地里一定有纯硅，它是靠吃这东西存活的，懂吗？我们，特威尔，以及那里的植物，甚至节肢动物都是碳元素生命，但这东西是以另一套不同的化学反应生存的，它是硅元素生命！"

"万岁！"莱罗伊叫道，"我有过这个猜想，现在有证据了！我必须去看看！我应该……"

"好啊！好啊！"贾维斯说，"你可以去看。不管怎么样，那东西在那儿，似活非活，每隔十分钟移动一次，只是排出一块砖来。那些砖块是它的排泄物。注意到了吗？我们是碳元素生命，我们的排泄物是二氧化碳；而这东西是硅，它的排泄物是二氧化硅，就是硅石。而硅石是固体，因此呈现出砖块状。它把自己围在里面，当它封顶时，就移到一个新的地方重新开始。难怪它移动时那么费劲、吱嘎作响，这是一只活了五十万年的动物！"

"你怎么知道它的年岁？"莱罗伊激动地问。

"我们是沿着它的第一个角锥体开始跟踪的，对吗？如果这不是原来那个角锥体的构造者，那么在我们找到它以前，一系列角锥体会在别的什么地方结束，对吗？然后一系列新的角锥体再从头开始。道理十分简单，对吧？

"但是它繁殖，或者试图繁殖。在第三块砖出来以前，有一种沙沙声响起，随后就蹦出一连串小水晶球。它们是孢子或者种子，随你叫它们什么。它们弹跳着穿越赞瑟斯，就像它们在克劳尼姆海弹跳着从我们身边经过一样。我也很想知道它们是怎么繁殖的。这是为你提供资料，莱罗伊。我觉得这些水晶硅壳像蛋壳一样仅仅是个防护罩，起作用的关键是其中的气体。这种气体会侵蚀硅，如果水晶硅壳在靠近硅元素的地方破裂，便会发生某种反应，最后发展演变为那样的一种动物。"

"你该试试看！"小个子法国人嚷道，"我们必须打破一个看看！"

"当然，我试过了。我在沙地上砸破了几个。请你一万年以后回来看看我能否栽培出一些角锥体怪物，到那时你就有话可说了！"贾维斯停顿了一下，深深地吸了一口气，"天哪！多怪的动物！你想象得出吗？瞎的，聋的，没有神经，没有脑子，就像一个机械装置，然而它却是永生的！只要有硅和氧气存在，它就能造砖，建造角锥体，即使没有硅和氧气，它也只是暂时停止，不会死去。如果一百万年后出现偶然事件，它得到了食物便会活过来，再次开动机器，而到那时智慧和文明则成了历史的一部分。多么古怪的动物！不过，我还碰到一只更怪的动物呢！"

"就算碰到，也一定是在做梦！"哈里森吼叫着说。

"给你说对了！"贾维斯冷静地说，"从某种意义上，你说对了，那的确是梦兽！再没有比这更恰当的名字了！它是人们想象得出的最残忍可怕的造物！比狮子危险，比蛇阴险！"

"快讲给我听！"莱罗伊央求着说，"我一定去看！"

"这种魔鬼看不得！"贾维斯再次顿了一下，继续说，"撇下那只角锥体动物，特威尔和我继续穿越赞瑟斯。我累了，再加上普茨没能把我救起，我有点气馁，特威尔的啁鸣声和他飞翔时的那种俯冲动作都使我心烦，所以我只是闷头赶路，在那单调的沙漠中走了一个又一个钟头。"

梦兽

"接近晌午时分，我们看到地平线上出现了一条低低的黑线。我知道是什么，那是一条运河。我曾乘坐火箭从它上面飞越，这意味着我们刚穿过赞瑟斯的三分之一。这无疑是个好消息，至少我赶上了时间里程表。

"我们慢慢地走近运河。我记得植物带就生长在这条运河的两旁，泥堆城就坐落在运河边上。

"我累了，一直都想来一顿热气腾腾的美食；接着，我又忽然陷入沉思，在这个疯狂行星待过以后，哪怕婆罗洲①也显得像家那样的美好；随后，我想到古老的纽约小城，转而又想到在那里认识的一位姑娘——范赛·朗。你们认识她吗？"

---

① 婆罗洲（Borneo），指"加里曼丹岛"，位于东南亚，是世界第三大岛，有着热带雨林气候。

"想入非非，"哈里森说，"我收看过她的节目——白肤金发碧眼的漂亮女郎，在耶巴梅特节日时间唱歌和跳舞。"

"就是她，"贾维斯说这句话时前后矛盾，"我和她非常熟，朋友的那种熟，明白我的意思吗？虽然她来'艾里斯号'给我们送行。我可想她了，我感到孤单寂寞。这时候我们正朝着一行橡胶似的植物走去。

"接着，我说'见鬼了！'我目不转睛地凝视着。范赛·朗就在前面，真真切切地站在一棵古怪的树下，向我微笑着，挥着手，就像在我的记忆中我们分手时的那个样子！"

"这下子你也疯了！"队长说。

"老弟，我是差点儿疯了！我凝视着，拧一下自己，合上双眼再睁开，凝视着。每一次范赛·朗都在那儿微笑着，挥着手。特威尔也看到了什么，他咯咯啭鸣起来，但是我根本没有在意他。我在沙地上朝她奔过去，惊奇得甚至没有问自己几个为什么。

"在离她不到二十英尺的时候，特威尔一个飞行跳跃将我拦住。他抓住我的手臂，并尖声叫道'不——不——不'我力图甩开他，毕竟他轻得像竹子，但是他一边把爪子攫进我的手臂，一边尖叫着。后来我神志清醒过来，在离她不到十英尺的地方停住了。她站在那儿，看上去就像普茨的脑袋那样千真万确！"

"什么？"工程师说。

"她微笑着，挥着手！挥着手，微笑着。我就像莱罗伊一样哑巴似的站在那儿，特威尔则吱吱地叫个不停。我明知那不可能是真的，然而，她确实在那儿！

"最后我说'范赛！范赛·朗！'她只是继续微笑着，挥着手，但是看上去很逼真，好像我没有距离她三千七百万英里似的。

"特威尔掏出玻璃手枪对准她。我抓住他的手臂，但被他甩开了。他指着她说'不呼吸！不呼吸！'，我理解他的意思是说这个'范赛·朗'并不是活的。伙计，我晕头转向了！

"然而，见到他把武器对准她时，我心惊胆战。我不知道自己为什么伫立在那儿呆呆地注视着他，看他仔细瞄准，但我就是这样做的。接着他扣动了扳机，伴随着一小股蒸气，范赛·朗连踪影也不见了！在她站立的地方翻滚着一只生有绳状胳膊的黑色怪物，就像我救特威尔时杀死的那种怪物！

"原来是梦兽！我头晕目眩地站在那儿，在特威尔的啾鸣声和尖叫声中看着梦兽死去。后来他碰了碰我的手臂，指着那扭曲的怪物说：'你——二，他——二。'他重复这句话足足八次或十次，我这才明白。你们有谁明白吗？"

"明白！"莱罗伊尖声说，"这个我明白！他的意思是，梦兽知道你在想什么，所以你想着什么，它便让你看见什么！如果是一条饿狗，它就会见到一根粗的肉骨头，或者闻到肉骨头的味道，对不对？"

"对！"贾维斯说，"梦兽利用它的猎物渴望得到某种东西的急切心情来设圈套进行引诱，比如鸟在筑窝季节会见到伴侣，狐狸寻觅食物时会见到绝望的兔子！"

"它怎么做到这点的？"莱罗伊问道。

"我怎么知道？在地球上，蛇是怎样诱使鸟儿进入它的嘴巴的？不是有些深海鱼能诱使猎物钻进它们的口中吗？天知道！"贾维斯打了个寒战，"你们看出那妖怪有多阴险了吧！我们现在是有所警惕了，但是今后我们甚至不能信赖我们的眼睛。也许在你们见到我或者我见到你们中的一个时，背地里就可能埋伏着又一只那样的黑怪物！"

"你朋友怎么会发现的？"队长突然问道。

"特威尔吗？我不知道！或许他在想的东西根本引不起他自己的兴趣。当我开始奔跑时，他意识到我看到了什么异物，因而警惕起来；又或许梦兽只能显现单个幻象，特威尔见到了我见到的东西，又或者什么幻象都没看到。但这恰恰再次证明，他的智力与我们的在同一水平，甚至略胜一筹。"

"他是疯子，我告诉你！"哈里森说，"你凭什么认为他的智力能与人类的智力并驾齐驱？"

"理由多着呐！先说那只角锥体动物。他以前没有见过它，他也这样说，但是他判断得出那是个无生命的硅自动机。"

"他可能听说过，"哈里森提出反对意见，"要知道他是生活在这块土地上的。"

"那么语言呢？我不曾摸透他的任何想法，而他倒学会了我的六七个单词。你意识到他用区区六七个字表达了多么复杂的思想了吗？再说角锥体怪物和梦兽，他只用一个词就告诉我其中一个是无害的自动装置，而另一个是致命的催眠术士。那怎么说呢？"

"嘿！"队长轻蔑地说。

"你要高兴你就'嘿'吧！单凭六个字，你能做到这点吗？再进一步说，你能像特威尔那样告诉我另一个动物有着与我们截然不同的智慧，那种动物非常难以理解——甚至比起特威尔和我之间的难以理解更胜一筹吗？"

"嗯？那是什么意思？"

"过一会儿再说。我的观点是，特威尔和他的种族值得我们与之友好相处。在火星某处，你们会发现我是对的，在这里有着一种与我们同等水平的文明，也许甚至超过我们，而且他们与我们之间存在交流的可能，特威尔就证明了这点。这也许要经过多年的耐心试验才成，因为我们对他们的思想一无所知，但是比起我们接下来见识到的另一种'思想'，这种文明就不那么陌生了。"

"接下来遇到的另一种思想？那是什么？"

"运河边上的泥城人。"贾维斯皱皱眉头，又继续讲下去，"我以为梦兽和硅石怪物是我们可以想象得到的最奇怪的怪物，但是我错了。这些动物比起我讲到过的任何一种动物都更为陌生，更不可理解，甚至远比特威尔难以理解，毕竟我和特威尔还可能友好相处，甚至通过耐心钻研也可能交流思想。

"对了，我们丢下了正把自己缩回洞中的那只濒死的梦兽，朝着运河走去。那满地会走路的草，在我们路过的时候慌忙溜开。到达岸边时，我们看到一股黄色的潺潺流水。我在火箭上留意过的泥冢城就坐落在往右一英里左右的地方，好奇心驱使我前去看看。

"上次，在我瞥见这地方时，这里似乎一片荒凉。万一有怪物潜伏在此也不要紧，特威尔和我都有武器。顺便说一下，特威尔那支水晶武器是个有趣的装置。梦兽插曲过后，我看了一下，它能发射一种我认为有毒的微型玻璃刺，我猜里面至少有一百根玻璃刺。发射物是蒸汽，纯粹的蒸汽！"

"蒸汽！"普茨重复了一声，"蒸汽，什么产生蒸汽？"

"当然是水啰！你能从透明的枪柄里看到水，以及另一种大约一及耳①黏稠的淡黄液体。当特威尔紧握枪柄尚未扣动扳机的时候，一滴水和一滴黄色液体就喷入火室，水蒸发了。呼！就这样。这不难理解，我想我们能够悟出同样的原理。浓硫酸遇水会放出大量热，几近沸腾，氧化钙也是如此，还有钠钾……

"当然，他的武器在射程上不及我的武器，但在这种稀薄空气中也很顶用了。它确似西部影片中的牛仔枪，颇能抵挡一阵。它也有杀伤力，至少对火星生命来说是如此。我试了试，朝着一棵疯狂的植物开枪，如果那植物没有应声枯

---

① 及耳（gill），英国制液量单位，一及耳等于四分之一品脱。

萎、迅即崩溃，那才怪呢！因此我认为玻璃刺有毒。

　　"不管怎样，我们步履蹒跚地往泥堆城走去。我开始疑惑起来，运河是否是泥城建造者开凿的？我先指着泥城，又指指运河，特威尔说'不——不——不！'并打手势指向南方。我觉得他的意思是说开凿运河的是其他的种族，也许是特威尔的种族。我不知道，也许在这个行星上另有一个或者十来个聪明的种族。火星是一个奇怪的小天地。"

泥堆城

　　"在离城一百码的地方，我们穿过了一条算是路的路吧，实际是一条坚实的泥土小道，突然过来了一个泥冢建造者！

　　"伙计，这种动物说来稀奇古怪！它看上去活像一只桶，在四条腿和四只手臂或者触手的支撑下奔走。它没有头，光有身体，身体周围长着一排眼睛。桶体的顶端是横膈膜，绷得像鼓面一样紧，除此之外就没有别的了。它推着铜制的小车，横冲直撞地从我们身旁疾驶而过。它甚至没有注意到我们，虽然我觉得它经过时靠我这边的一些眼睛移动了一下。

　　"过了一会儿，又一个推着空车过来了，像刚才一样从我们身旁一闪而过。我不打算被那帮玩车的大肚汉搁在一边不予理睬，因此第三个过来时，我就把身体挡在路中间，当然，如果那东西不停住，我就跳开。

"但是它停住了。停住以后从顶部的横膈膜发出一种打鼓声。于是我伸出双手说，'我们是朋友！'你们猜猜那东西做何反应？"

"我敢断定它回了'见到你很高兴'！"哈里森提出自己的看法。

"如果它这样说，我要惊叹万分了！它在横膈膜上咚咚敲打，突然发出隆隆声说'我们是朋朋朋友！'并把手推车朝我恶意地撞来！我闪过一旁。当它离开时，我沉默地凝视着它的背影。

"过了不久又匆匆来了一个。这一个没有唱歌，而是发出隆隆声说'我们是朋朋朋友！'说着就疾驶而去。它怎么知道这句话的呢？难道这些动物之间有什么通信联系不成？难道它们是一种有机体的各个部分？我不知道，虽然我认为特威尔是知道的。

"不管怎么样，这些动物在我们身旁驶过时，个个都用同样的话向我们致意。这多有趣，我万万没有想到在这个凄凉的星球上会找到这么多朋友！后来我对特威尔打了一个表示迷惑不解的手势。我猜想他明白我的意思，因为他说'一一二——是！二二四——不！'明白是什么意思吗？"

"当然，"哈里森说，"这是火星人的儿歌。"

"对！我有些适应特威尔的符号表达法了。我是这样猜想的，'一一二——是！'是指这些动物有智慧；

'二二四——不！'是指它们的智慧不用于'2＋2＝4'一类。也许我没有领会他的意思，或许他是指它们的思想是低等的，只能算出简单的东西，即'一一二——是！'而算不出较为困难的东西，即'二二四——不！'但是我觉得从我们以后所见来看，他指的是后一种意思。

"不久以后，这些动物急匆匆地回来了，来了一个，接着又来了一个。它们的手推车满载着石子、沙，还有大量橡胶似的植物以及诸如此类的垃圾。它们一面嗡嗡地发出听起来并不那么友好的友好致意，一面往前冲去。过来的第三个，我猜它是我最开始遇见的那个，于是决定和它再攀谈几句。我挡在它的去路上等着它。

"它过来了，隆隆地发出'我们是朋朋朋友'的声音，停住了。我看看它，它的四五只眼睛看着我。它又试了一遍口令，并把车朝我猛推一下，但我挺立不动。于是这该死的动物伸出一只手臂，用两只手指般的钳子掐我的鼻子！"

"哈！"哈里森大声叫道，"也许那些东西具有审美能力吧！"

"笑吧！"贾维斯说，"糟糕，我的鼻子已经撞破而且冻伤。不管怎么样，我喊了声'哎哟！'便跳到一旁，那动物则一蹿而去，但是从那以后，它们的招呼语便成了'我们是朋朋朋友！哎哟！'真是奇怪的动物！

"特威尔和我沿着那条路一直走，直到走到离我们最近的那个泥冢。桶兽们来来往往，对我们丝毫不加注意，只是忙着搬运它们运来的垃圾。道路就这样伸入洞口，像老矿井那样往下倾斜，飞快进出的桶兽们用一成不变的话跟我们打着招呼。

"我朝里望去，底下什么地方有光，我非常想看看是什么。要知道，它看来不像火焰或者火炬，而是很像文明社会中的灯。我想我可以得到一些关于这些桶兽发展演变的线索，因此我走了进去，特威尔紧随在后，不过他不时嗷呜或吱吱地叫几声。

"那光很奇特，它像老式的弧光灯噼啪作响地闪耀着，但是光却来自装在过道地上的一根黑杆子。毫无疑问，它是带电的。这些动物显然相当文明。

"后来我又看见一种光，在一种亮晶晶的东西上闪耀着。我走上前去查看，却只见一堆发光的沙。我转身往入口处走去，打算离开时，见鬼，入口不见了！

"我猜想过道是弯曲的，或者我走进了岔道。不管怎么样，我朝着我认为进来的方向往回走，但我见到的尽是灯光更为暗淡的过道。这地方真是个迷魂阵！到处是曲曲弯弯的偶尔光亮的通道，不时有一个推车的或不推车的动物在那里奔过。

"起先我并不怎么担心。特威尔和我进入入口处才几步路，但是之后我们每走的一步似乎都把我们往深处引。最后我试着跟在一个推空车的动物后，满以为它会走出洞口运垃圾去，但是它毫无目的地到处乱跑，打一个通道进去，从另一个通道出来。当它像一只跳华尔兹舞的日本玩具老鼠开始绕着柱子迅速打转时，我放弃了尝试，把水箱放在地上，坐了下来。

"特威尔与我一样茫然。我向上指指，他发出一种无可奈何的嘟鸣说'不——不——不！'我们无法得到那些动物的帮助。它们根本不在意我们，只是向我们保证它们是朋友。哎哟。

"天哪！我不知道我们在里面徘徊了几小时，也有可能徘徊了几天！因为筋疲力尽，我睡着了两次，而特威尔似乎不需要睡觉。我们试着只走向上的过道，但是它们总是先往上坡走而后又弯曲向下。在这见鬼的蚁冢里温度不变，你分不出白天和夜晚。第一次睡着以后，我不知道我是睡了一小时还是十三小时，所以我看了表也说不出是半夜还是中午！

"我们看到许多奇怪的东西。有些过道里有机器在运转，但是它们似乎并不在干什么，只是轮子打转而已。好几次我看到两只桶兽之间长着一只与之相连的小桶兽。"

"单性生殖！"莱罗伊狂喜地说，"像郁金香那样通过芽接进行单性生殖！"

"大概就像你说的，"贾维斯同意地说，"这些东西除去像我说的用'我们是朋朋朋友！哎哟！'向我们致意以外，从不注意我们。它们似乎没有任何形式的家庭生活，只是忙忙碌碌地用手推车把垃圾运进洞里。后来我才发现它们要垃圾干什么用。

"终于还算幸运，我们找到了一个向上倾斜一大段路的过道。我正感到这一下我们可以接近地面的时候，突然过道伸入了一个圆顶房间，这样的房间我们只见过一个。当我看到从房顶裂缝里透进来像是日光的东西时，我真想跳舞。

　　"房间只有一台机器，仅有一个大轮子慢慢地转动着，一个动物正在做着往机器下面倾倒垃圾的动作。轮子嘎吱嘎吱地磨着垃圾，把沙、石子和植物全部磨成粉末以后，再筛到别处去。正当我们注视着它的时候，另一些动物鱼贯而入，重复着先前的动作，看来这就是全过程。这整个事情莫名其妙，但这就是这个疯狂行星的特征。还有一桩事也是怪得几乎令人难以置信。

　　"有一个动物倾倒垃圾以后，把车子往旁边'砰'地一甩，镇定自若地跳到轮子底下去！眼看着这一切，我呆若木鸡，发不出一点声音，过了不久，又有一个跟着它跳了下去！这件事它们做起来也是有条不紊，被抛在一边的手推车由空手的动物接管过去。

　　"特威尔似乎并不惊奇，在我指给他看第二个自杀者以后，他只是像人似的耸耸肩，仿佛在说'我有什么办法呢？'对于这些动物，他一定多少有所了解吧。

　　"接着，我见到了另一样东西。那东西靠轮子那一边，在一个低低的垫座上闪着光。我走了过去。原来是一个鸡蛋大小的水晶体，在强烈地发射着荧光。发射的荧光犹如静电光束一般刺痛我的双手和脸庞，接着我又注意到另一个有趣的事情。记得我左手大拇指上长着一个疣吗？你们看！"贾维斯伸出他的左手，"它干瘪脱落了，就是那样神奇！还有我撞破的鼻子，说来也怪，那疼痛魔术般地消失了！那东西具有深度X光或者伽马射线的性能，甚至超过它们。它破坏病变组织，却不会伤害身体的正常组织！

"我正想着把那东西作为特别的礼物带回地球时，一阵喧闹声打断了我。我们赶忙转到轮子的另一边，恰好看见一辆手推车被碾得粉碎。看来这是有些粗枝大叶的自杀者造成的。

"突然，动物们把我们团团围住，发出隆隆声和打鼓声，这些噪声显然具有威胁性。其中一群朝我们蜂拥而来，我们朝着我认为是我们进来的通道后退。它们隆隆地跟在我们后面，有的推着车，有的不推车。疯狂的动物！它们异口同声地喊着'我们是朋朋朋友！哎哟！'我讨厌这个'哎哟'，它颇带暗示意味。

"特威尔掏出玻璃枪，我卸下水箱以便行动自由些，也拔出了枪。我们沿着过道后退，桶兽们尾随在后，大约有二十个。奇怪的是，推着满车子垃圾进来的动物与我们擦肩而过也无动于衷。

"特威尔一定注意到了这一点。他突然拿出他那灼热煤块雪茄打火机，点燃了车上的植物枝杈。'呼'的一声！满车烧了起来，而那推车的疯狂野兽仍然马不停蹄地往前奔去！这在我们的'朋朋朋友'中引起了一阵骚乱，这时候我注意到烟雾打着旋涡飞过我们，原来我们到了入口处！

"我抓住特威尔就往外冲，二十个追赶者紧随不放。出来了！日光犹如天堂，但我看出太阳差不多要下山了。糟糕！我怎能不套上热膜睡袋在火星上过夜呢？至少，没有火不成。

　　"事情一下子变糟了。它们把我们逼进两个土冢间的夹角中，我们就在那儿站立着。我没有开枪，特威尔也没有开枪，显然激怒野兽们于事无补。它们在离我们不远的地方停住，开始发出'朋朋朋友'和'哎哟'的隆隆声。

　　"后来事情更糟了！一只桶兽推了一辆车出来，它们一齐伸手往里抓，抓出一把把一英尺长的铜箭，看上去极其锋利。突然，一支铜箭从我耳边飞过。再不开枪就等死了。

　　"有一阵子我们干得很漂亮。我们干掉了紧靠手推车的那几个，并设法把射来的箭压削减到最小限度，但是突然传来了一阵雷鸣般的'朋朋朋友'和'哎哟'声，它们倾巢而出了。

　　"伙计！我们完了，在劫难逃！后来我意识到，特威尔还不要紧，他能不费吹灰之力跃过我们身后的泥冢。他是为我而留在这的！

　　"可不是，当时要有时间，我真能大哭一场！我打一开始就喜欢特威尔，但是我能否做到像他所做的那样来感激他呢？如果说，我曾经从第一只梦兽手里救过他的命，那么，他不是已经同样地救过我了吗？我抓住他的手臂说'特威尔'，并向上指指，他理解了我的话。他说，'不——不——不，蒂克！'说着用他的玻璃枪反击。

"我怎么办呢？太阳一下山，我就完蛋了，但是我无法把这一点给他解释清楚。我说，'谢谢，特威尔。你是个了不起的人！'我感到我这样说算不上对他的称颂。了不起的人！愿意舍己为人的人天下少有！

"因此我砰砰射击，特威尔噗噗开枪，桶兽们接连向我们掷箭。在一片隆隆的'朋朋朋友'声中，准备冲垮我们。我本来已经放弃希望。突然普茨如天使般从天而降，他开动喷射式枪管，把桶兽们打得稀巴烂！

"哇！我大喊一声便冲向火箭，普茨开门让我进去。我笑呀，哭呀，叫呀！过了好一会儿我才记起特威尔。我环顾四周，正见他来了个长嘴插地飞行，跃过泥冢而去。

"我费了多少力气才说服普茨去追赶啊！等到我们把火箭升高，夜幕已经降临，你们知道这里夜色降临是怎么回事——就像关了一盏灯。我们在沙漠上空飞行出去，降落过一两次。我叫喊着'特威尔'。我想，我已经叫喊了一百次了。没有回应。他步行如风，而我所听到的——要不然就是我想象出来的——就是一阵似有似无的吱吱嗦鸣嗡嗡唧叫，朝着南方漂浮而去。他走了，这真该死！我多愿——我多愿他没有走！"

"艾里斯号"的四个人沉默了，连喜欢挖苦人的哈里森也不吭声了。最后，小个子莱罗伊打破了这寂静的场面。

"我想看看。"他低声说。

"对，"哈里森说，"那种能治疣的药。可惜你没有把它弄到手，这也许是人们一个半世纪以来梦寐以求的癌症特效药。”

"哦，你说那个东西，"贾维斯忧闷地咕哝着说，"挑起这场战斗的就是那个东西。"他从口袋里取出一件闪光的物体。

"这就是。"

（张月祥　译）

关于作者和作品：

　　美国科幻作家斯坦利·G.温鲍姆的《与火星人同行》原名《火星奇遇记》（*A Martian Odyssey*），这部作品被阿西莫夫认为是"改变后世科幻小说写作方式的三部作品之一"。作品讲述了主人公贾维斯和火星人特威尔在火星上面的一系列离奇经历。在这篇作品中，读者不仅可以一览火星奇特的地表面貌，还可以跟随作者独特的想象，看到火星人的长相以及他们拥有的特异功能，看到火星上面其他生命物质的特殊构造，如硅石怪物、梦兽、桶兽等。作品画面感极强，场景丰富多彩，人物形象生动饱满，历来深受众多读者喜爱。相信你在这神奇的火星世界徜徉之后，也会爱上这颗神秘的星球。

脑力充电站

杨鹏

脑力充电站

夕阳西下，鸽哨声悦耳嘹亮。

然而，我、老肥、泡泡、阿坏、嘟嘟背着沉重的书包行走在回家的路上，却怎么也打不起精神来。说了你也不信，我们五个都是智商至少超过普通人五倍的孩子，我们有着共同的爱好——发明。为此，我们成立了"小发明俱乐部"。可是我们五人的心思都没有放在学习上，所以，我们的考试成绩一塌糊涂。老师和同学因此认定我们是坏孩子，我们的俱乐部也被称为"坏孩子俱乐部"。这不，现在我们每人的书包里都揣着一张59分的考卷。(我在五人中成绩最好，他们都是抄我的，所以考分千篇一律。)我们都在想象着，当我们把考卷交给各自的家长之后，屁股在十分钟内到底会变成红的还是紫的。

"嗨，小朋友们……"

一个腻腻歪歪的声音在我们前面响起。我们循声一看，天哪，是个丑得要死的小绿人在和我们打招呼。他真的长得奇丑无比：身高不到一米，头形像石榴，两只尖耳朵跟妖精似的竖着，鼻子像喇叭，眼睛贼大，嘴巴却是个小圆孔。他的四肢跟筷子一样细，肚子却跟沙袋似的又圆又大。

"你是什么东西？"我问道。他这么丑，我只能称他是"东西"。

"我不是东西。我从遥远的呜哩哇啦星球来。我给你们带来了好玩意儿——脑力充电器。"他一边说着，一边很职业地把手往身后一指。

我们顺着他手指的方向，看见一个形状像电话亭的东西。在电话亭里面，没有电话，却有一个小铁圈和一副耳机。

"不管是谁，只要到脑力充电器里充充电，立刻会变得耳聪目明，并成为考试高手。"

"真的吗？"老肥两眼放光，脚步不由自主地朝脑力充电器移动。

"等等！"我拉住了老肥，"我们都是聪明绝顶的人，根本不需要脑力充电。另外，聪明并不能和考试成绩画等号。在某些时候，两者甚至成反比关系。"我们都是一些具有怀疑精神的人，当然不会轻易地信服别人的话。

"可是，在地球上，人的聪明程度是用考试来衡量的。"外星人狡黠地说。

我们哑然：在地球上，确实如此。

"要不，我试试吧！"老肥挣脱了我的手，快步向脑力充电器走去。他的智商最高，但考试成绩却是全校倒数第一，他对优异的考试成绩确实无比渴望。

于是，我只能眼睁睁地看着老肥走到脑力充电器前，将小铁圈和耳机戴到头上和耳朵上。当我看着老肥将小铁圈套在头上时，我脑中突然闪现出《西游记》里孙悟空戴上金箍的一幕，心中升起一种不祥之感。

脑力充电器的一盏红灯亮了，老肥的胖脸上突然出现了痛苦的神情。我想上去帮他，外星人拦住了我：

"这是一种正常反应，好比打针，总会痛那么一下的。"

三分钟后，老肥摘去了"金箍"和耳机。他的神情十分满足。第二天数学考试，老肥果然考了个史无前例的高分——满分。从此以后，老肥每隔一段时间就到那家外星人开的"脑力充电站"去充电。他，因此也成了考试高手。

宣传

一个月后，外星人开的"脑力充电站"如同雨后春笋般出现在我们这个城市，不，应当说是整个地球的每一个角落。外星人充分利用地球上的各种媒介进行"脑力充电站"的宣传。

在电视台，外星人以雄厚的财力买下了所有的广告时段，人们每隔几分钟就可以在电视里看到这样的广告：一个戴着口罩、穿着蓝色工作服的清洁工人在扫大街。一个外星人拉住了她，请她到"脑力充电站"去充充电。当清洁工人从"脑力充电站"出来时，外星人递给她一张托福考试卷和一张雅思考试卷。清洁工人飞快作答。一位专家当场给她批改，竟然全是满分。她立刻潇洒地摘去了口罩，脱下了工作服，霎时间变成了一个容貌清丽、气质高雅的白领女性。广告的结尾是她拎着一个小行李箱，手里拿着护照和机票，登上了飞往外国的飞机。

外星人还买断了广播、报纸、杂志和大小网站上所有的广告，外星人广告的投入相当于各媒体全年的收入。于是乎，不管你到什么地方，你眼睛看到的、耳朵听见的，全是"脑力充电站"的广告。

此外，外星人也建成了"脑力充电网站"，对脑力充电的好处进行网络宣传。

……

在外星人强大的宣传攻势下，地球上掀起了"脑力充电"旋风，也有人称之为"脑力的革命"。不管你走到哪里，都可以看见"脑力充电站"外面排出一条长队的情形。

所有的人都需要脑力充电：学生希望通过脑力充电在考试中过关斩将，考得好成绩；蓝领希望通过脑力充电成为白领；白领希望通过脑力充电成为CEO；CEO希望通过脑力充电在商战中战胜别的CEO；官员们希望通过脑力充电升职；商人们希望通过脑力充电多赚钱……甚至世界各国的总统都将外星人请进了总统府。他们希望通过脑力充电可以在下一次竞选中战胜对手，实现连任……

"脑力充电"的效果非常明显，正如外星人所说，地球人以考试成绩来衡量人们的聪明程度，而所有经过了"脑力充电"的人，都成了考试高手。不管什么样的考试，他们都能轻松地得满分。事实证明，外星人事先进行的广告大投入，在不到半个月的时间里，不但全数收回，并且，他们通过"脑力充电站"所赚到的钱，是投入的几百倍、上千倍。不久之后，地球人个个成了考试高手，而外星人全成了大富翁。

揭秘

如果外星人的目的仅仅是赚取地球人腰包里的钱，倒也没有什么大不了的。

但是，事实证明：外星人的野心远不止于此。半年后的一个没有月亮、没有星星的夜晚，我们所在的城市上空，不，应当说是世界各地的上空，出现了无数绿色的飞碟。飞碟发出一种声波，所有的人都不由自主地从建筑物里走了出来，用呆滞的目光仰望天空。

对，是呆滞的目光。所有的人，只要用脑力充电器给大脑充过一次电，就会像吸毒者依赖毒品一样对脑力充电器产生依赖感，每隔一星期都会不由自主地去充电。而人们每充一次电，目光里的活力和灵气就会消失一些，取而代之的是呆滞与麻木。半年后，虽然所有的人都成了无与伦比的考试高手，但是，所有的人也都成了目光空洞无物的行尸走肉。

"地球猪猡们……"

一个可憎的声音在所有人的头脑中响起——又是外星人飞碟的声波在作用于人们的大脑。有一些还有点意识的人想捂住耳朵不听，但没有用，那声波是穿透头皮，直达大脑的！

"现在，是我——呜哩哇啦星球的星主呜哩哇啦大王向你们揭秘的时候了：我们投放在地球上的'脑力充电器'，其实是徒有虚名的东西。它并不能增强各位的脑力，不，它会给使用它的人们一种心理暗示，让使用它的人们不由自主地束缚自己的想象力、创造力和生命的活力。久而久之，你们除了会考试以外，其他的一切，都被压抑在内心深处了。"

呜哩哇啦大王咳嗽了一下，接着说道："现在，我宣布地球从今天开始成为呜哩哇啦星球的殖民地。我，呜哩哇啦大王，是地球的主人，而你们这些地球猪猡，从今天起，就要被送往太空牧场，等我们的饲养员把你们养得再肥再胖一些的时候，你们就会成为我们的美味食品，哈哈哈哈……"

这一瞬间，每一个地球人的心中，都升起一种难以言说的屈辱感。孩子们想掏出口袋里的弹弓去射天空中的飞碟；

市民们想捡起地上的砖头去砸路边的"脑力充电站";士兵们想端起手中的武器向飞碟开火;各国总统想向军队发布朝外星人发射核弹的命令……然而,所有的屈辱、所有的反抗都因为"脑力充电"被压抑在了内心深处。人们现在所能做的,只是逆来顺受。

飞碟开始向大地降落,地球人面对被屠宰的命运无力回天。

就在这个关系着地球与人类命运的关键时刻,一首美妙的乐曲出现在人们的脑中——跟外星人说话的声音一样,就算你捂住了耳朵,那声音还是会穿透头皮进入你的大脑。那音乐集合了古今中外世界上所有美丽音乐的精华,悦耳动听到了极点。它像绵绵的春雨,滋润着人们枯干麻木的心田;它像一把闪亮的钥匙,启开人们封闭心灵的锁;它像决堤的洪水,冲溃压抑着人们意识的防线……"脑力充电"施加给地球人心灵上的印记刹那间荡然无存,每一个人的自我意识开始恢复,人们的目光里闪烁着灼灼生机。

就在外星侵略者的飞碟即将着陆的时候,每一个地球人都行动起来了:孩子们用弹弓射击飞碟;市民们捡起砖头将"脑力充电站"砸烂;士兵们手中的武器一齐向飞碟开火;各国总统纷纷下达了向外星人的飞碟发射核弹的命令……

外星人大大小小的飞碟,像被射中的气球一样爆炸了,四分五裂,在没有星星、没有月亮的夜空中绽放成一朵朵美丽绚烂的花……

我、老肥、泡泡、阿坏、嘟嘟目睹着眼前的一切，不禁热泪盈眶，欢腾雀跃。早在半年前，我们这个"坏孩子俱乐部"除了老肥之外的其他四个成员就通过研究老肥的变化，洞悉了外星人的阴谋。我们争分夺秒地从事研究。终于，音乐天才泡泡写作了一首可以唤醒地球人心智的乐曲(他先用老肥做实验，将老肥唤醒)，电脑天才阿坏将音乐编写成了程序，机器天才嘟嘟发明了可以将音乐程序发射到人造卫星上的发射器，而我这个管理天才则在外星人的阴谋即将得逞的前一刻，让嘟嘟将音乐发射到了卫星上，通过人造卫星，使音乐流入每一个人的心田，唤醒人们的反抗意识和活力。

就这样，图谋不轨的外星人夹着尾巴逃跑了。在此后的一千年里，他们再也不敢踏上地球一步。

关于作者和作品：

杨鹏是中国首位迪士尼签约作家。他自大学时就开始创作，被誉为"幻想大王"，曾荣获"宋庆龄儿童文学奖""银河奖"等奖项。他的代表作品有《装在口袋里的爸爸》《校园三剑客》《杨鹏科幻系列》等。《脑力充电站》这部作品延续杨鹏一贯的创作风格，故事讲述了地球人被外星人的脑力充电器所诱惑，为了自身利益发展而逐步沦为外星人的奴隶。作品想象力丰富，内容幽默有趣，同时思想发人深省。这篇作品所表达的对于当下教育制度、对人类本性的思考，值得读者们细细品味。

星球动物园

[英] 哈里·吉尔伯特

出逃

在佳斯特莱克荷姆——我所居住的星球上，好久都没发生过什么新鲜事了。平日里生活很无聊，但今夜是狂欢之夜，多么令人激动啊！大火熊熊地燃烧，人人都穿上总督规定的衣装，在火焰周围围成圈，起劲地跳舞。

在狂欢之夜，我最喜欢的就是身上穿的衣服。此时，大家穿的制服都必须标明给每人取的动物名字。我衣服上写着"蜂鸟"二字，这也就成了我的名字。

没有人知道蜂鸟是什么样子，我也只了解那是一种鸟。鸟是飞行动物，是大百科全书这么告诉我的。

游戏开始了，没人知道我是谁。我把胸前的标牌翻转过去，黑衣服从头遮到脚，只能从衣裳头部处开着的眼洞里看到周围的人群。我们穿着这种衣裳，拉着手，围着火堆拼命地跳舞，并像捉迷藏那样，一边跳一边变换着队形。

外面的天黑透了，仅有的亮光来自火堆。我生平首次握住父亲的手一起跳舞，母亲随着队形的变化不知钻到了哪个角落，父亲也很快与我散开了，我想象不出他们的位置。

不过这不要紧。我在拥挤的人群中，一边跳着舞一边寻找着父母的身影，反正最终我们一家人肯定会在机器人飞行器那里相聚的。

可我怎么也没想到，我人生中最不幸的事情发生了。一个陌生的人靠近我，粗鲁地打了一声招呼："喂！"我不知道他来自何方，只能看见他的眼睛里映照着火焰的亮光。这是一个比我大许多的男人。

"喂！"我懒洋洋地应了一声，不想再理他。

他却多嘴饶舌地说了起来："从你的舞姿上，我认出你是一个女孩子，应该有十七岁了。"

"不对，我才十六。"

"太好了，这更称我的心。"那人说，"我要娶你，你必须嫁给我。"

他的话犹如晴空霹雳，我甚至不敢相信自己的耳朵。

不错，按照星球总督的命令，在狂欢之夜，每一个女子都必须嫁给一个向她求婚的男人。我们这儿规定，十六岁就是成人，而不再是孩子了。我不能拒绝他，我的心像害了病一样难受极了。

这个人又说："我叫巴夫罗，也就是水牛①。小心肝儿，你叫什么名字呀？"

"嗯，我的名字，嗯……叫卡特菲拉，"我扯着谎，"别人常叫我凯特。"

巴夫罗说："你好，凯特，你愿意嫁给我吗？"

"对不起，巴夫罗，我的双亲并没有想让我出嫁，我是他们唯一的女儿。"

巴夫罗笑了，这是一种狞笑。他是个不折不扣的怪物！

好在我没有告诉他我的真名。趁他不留神，我猛地跑进拥挤的人群中，东钻西钻，直到自认为安全了为止。后来，我回到我家的机器人飞行器那里，并一直等到父母回来。

我不敢把这个遭遇告诉双亲，我害怕。星球总督也会说巴夫罗是对的，我是错的。我不知道父母会如何处置我。

第二天早上，我已不再把这当回事，巴夫罗怎么可能找到我呢？这个星球上有成百上千的女孩子，他又不知道我的真名，仅仅看见过我的眼睛而已。

就在我悠闲自得地躺在床上时，父亲默默地走进房间。他忧伤地唤着我："小蜂鸟。"

"什么事？"我撒娇地问道，"父亲，你今天为什么叫我小蜂鸟，而不是蜂蜂？"

"小蜂鸟，叫你的机器人给你准备婚礼的衣服。"

---

① "水牛"一词英文为buffalo，音译为"巴夫罗"。

"为什么？"我明知故问。

"你就要被许配给一个名叫水牛的绅士了。"

"不行，父亲，我不愿意！"我开始哭了，"我不愿意嫁给他，我恨他！"

父亲摇着头："听话，蜂蜂，这事只是提前了一年，你不能总是个小孩子。大多数女孩开始的时候都是不想嫁人的。星球总督要我们立即办婚事，你知道其中的原因吗？"

"为什么？"我天真地问。

"因为我们人类在这个星球上很孤独，结婚是为了尽快地摆脱孤独。"

着装机器人给我穿上婚礼服——我们这里无论什么事都是机器人来完成的。纯白的婚礼服罩住了我，包裹了我全身。

父亲挽起我的手臂，巴夫罗与母亲正等着我。

"你好，凯特。"巴夫罗主动与我打招呼。

"她叫蜂鸟。"父亲赶忙纠正他。

"我知道，我知道。"

我又恨又恼地问巴夫罗："你是怎么找到我的？"

"我有一个小相机，用它拍下了你的眼睛。难道你不知道每个人的眼睛都不一样吗？抓住这个线索，我就找到了你。"

我转身向父亲怒嗔："你听听他说的！你就不生气？你不应该让我嫁给这种卑鄙的小人。"

父亲没有答话，其实他也是执行星球总督的命令。

看着父亲无可奈何的样子，我知道没有特殊的理由再拒绝眼前这个狂欢之夜向我求婚的男子了。我只有执行这一项重要命令，才能得到星球总督的赦免。

可我接受不了这样的结局，出路只有一条：逃走！可一拿定这个主意，我又害怕了，怕逃跑后再也见不到家人。

这时，又有一些邻居到了，婚礼马上就要开始。

巴夫罗站在我身旁挽起我的手臂，他的手大而有点湿润。我恨死他了！

"水牛，你愿意正式娶以地球动物蜂鸟命名的我的女儿为妻吗？"

巴夫罗美滋滋地答道："我愿意。"

父亲又转身问我："蜂鸟，你愿意让这位以地球动物水牛命名的男士成为你丈夫吗？"

我干脆地说："我不愿意！"

大家愣住了，谁也没想到我会如此放肆。趁人不备，我甩掉婚礼服，飞快地逃离结婚仪式现场。人们反应过来后向我追来，可他们有礼服的束缚跑不快。我跑到机器人飞行器跟前，毫不迟疑地跳了上去，大声命令："起飞！"

奇遇

我的出逃真是无可奈何，这是勇敢吗？不！我深深眷恋着爸爸、妈妈，从没有打算过要违逆他们，但我不得不如此，因为我决不能嫁给一个像水牛那样又坏又丑的男人！

巴夫罗一定会随后追寻，我要尽快躲到格拉斯星系的另一端去。

浩瀚的空间万籁俱寂。我的心空空如也。数不清的星星寂静地待在那里，没有丝毫生气。

突然，机器人飞行器"砰"的一响，打断了我的思绪。

"喂，怎么了？"

"有东西在向我们靠近。"

"噢，不要紧，那东西离我们还有一段距离。"

随后，夜空的星星接二连三地消失了。天黑得什么也看不见，原来在我与星星之间插入了一个巨大的阴影。它也许是一块又大又老的岩石，又或是停止旋转的月亮或行星。

我命令说："请查出它的成分。"

机器人飞行器放出激光扫描那个物体，然后回报："它不是天然物品，它是用塑料制成的空间飞船，它移动的速度很慢，无法登上别的星球。"

用塑料制成的空间飞船还能慢速运动？压根儿没听说过呀！

我又好奇又害怕，但这个发现对我实在太重要了。如果我隐藏到这奇妙的地方，就没有人能逼我结婚了。要是有幸再在它上面发现什么重要的东西，星球总督也许能赦免我的拒婚之罪。怀着激动的心情，我命令空间飞船登陆。

小飞船着陆了，泊在这艘塑料飞船上。我果敢地去触动启动圆门的机关，门开了，里面出现一条狭长的通道。我爬过小门进入通道，门又在我身后自动地关闭了。

怪物

我站在又长又黑的通道里端详四周，等眼睛逐渐适应了黑暗后，我继续沿通道往里走。这时，我发现通道的尽头还有一扇门，我走了进去。

我不是在做梦吧！我猛然发觉眼前出现了一个庞然大物，它扎根地面，攀住墙头。它比我高出许多，有着被绿色的东西遮盖着的褐色长手臂。

树！我从未想到活着的树木能如此巨大。我用双手蒙上眼睛，很怕它会拥抱我。可我又想知道它会怎样对付我，于是从手指缝中窥望树的动静。

可是，树静悄悄地站在那里，动也不动。

我让藏在宇航服中的电子计算机为我检查大气的成分。几秒钟后，计算机亮起绿灯，表明这里的空气对人类是安全的，我这时才放心，脱掉了宇航服。

立刻，我感觉到了什么东西——是微风，有些凉。

突然，从树后传来叫声。树后藏着什么？我很想看个究竟。我蹑手蹑脚向树后走去。

一个灰色家伙从树后朝我这个方向走来。它大而不高，没有手，嘴里长满了金黄色而有光泽的牙齿，有金黄色的眼睛和覆盖全身的灰色毛发，我能嗅到它的体味。

呀！它的嘴巴触碰到了我的脸庞！可我不敢动弹，只有闭上眼睛等待死亡的到来。然而危险并没有出现，我只感到脸上有热烘烘的头发撩逗着。我想放声大叫赶走它，可我太恐惧了，一声也没叫出来。

终于能控制住自己时，我用脚猛踢这灰色家伙，它往树林中退缩。我又瞥到另一个怪物，它体形小得多，全身也长有灰色的毛发，正藏在树后面，蠢蠢欲动。

干掉它！我拼命去推它的小短腿，小怪物咬了我一口。它的牙齿穿透我的右掌，我感到手火辣辣的疼痛。

我一时激愤，竭尽全力狠狠地挥手向它打去。可这时大灰怪物又从树后跑了出来，跳过来把我踢倒。当我倒下时，小怪物赶紧逃跑了。

我的头重重地撞到岩石上，一切都变得暗淡，我昏了过去。

苏醒

不知过了多久，我慢慢地苏醒过来，一个又长又黑的鼻子凑到我脸上，肆无忌惮地嗅着。

我试图推开这讨厌的鼻子，但手根本动不了。不知是怎么回事，我身体轻飘飘的，口干舌燥，全身疼痛难忍，还出了一身冷汗，浑身湿漉漉的。

我终于看清站在我面前的是那个大灰怪物，那个小怪物则匍匐在地上，发出哀伤的声音："哎——哎！"是我刚才把它打伤的。

这个小生灵，你也感到疼痛吗？此时我伤心地哭起来。

大怪物走到我跟前，像是要来安慰我似的用毛发挨着我，吸干了我衣服上的汗水。我感到好受些了，便停止哭泣，轻轻拍拍它，表示了我的友好。

这家伙好像懂得了我的意思，也亲昵地张嘴叫了起来："嗬——喂！"

一下子，更多的怪物出现了，越来越多，它们大都用四条腿走路。一个非常大的怪物用舌头舔我，它的舌头很硬，叫起来发出"嘿——嗬"声；一个非常小的怪物能飞，有着翅膀和又长又硬的嘴，发出悦耳的呼声"叽——叽"。

一个怪物带来了水，另一个给了我一些可食的物品，甚至有几个怪物挨着我躺下，帮我取暖。它们用各种方式帮助我，我看着它们，虽然还有几分恐惧，但也不像开始那样憎恨它们了。

看到眼前这些怪物对我来说并没有什么威胁，我心想：只要我们互不侵犯，是能够和平共处的。我决定克制自己独占银河系的心理，与它们交友。

一天，那个发出"嗬——喂"叫声的怪物把我带到一条小河边，把水踢到我身上，给我好好地洗了一个澡。接着，那个叫"嘿——嗬"的也来了。它们两个带着我走过树林，来到一堵塑料墙前。

"嘿——嗬"推开墙上的门走了进去。墙那边的空气湿热湿热的，树长得也更高大，还生活着各种不同的怪物。

我们穿过树林，走了很长一段路，来到另一堵塑料墙前，塑料墙上也有一个门。门内有一间小圆屋，屋里发出强烈的光芒，让人无法看清屋内的陈设。我非常惊慌，感到屋内掩藏着深深的恐惧。

"嘿——嗬"和"嗬——喂"的头触到地面。噢，我明白了，这是它们的神！它们正规规矩矩地顶礼膜拜！

不容我多想，"嗬——喂"推着我向光源处走去。

追根寻源

光线突然暗淡下来，我睁开眼睛，发现自己已站在一间圆屋子里。这里除了一台老大的正方形计算机，什么也没有。计算机也不是我们使用的现代化机型。

"哦，原来这里没有什么神，只有一台计算机！一台又老又怪的计算机！"

从计算机里传来一个声音："对，是计算机，你是谁？"

怎么，这台计算机居然还能工作？

我恭恭敬敬地说："我是蜂鸟。"

"你不是蜂鸟。蜂鸟飞在这里的树林里，这里是星球动物园。你是人，但不是星球动物园中已经退化了的人。"

我认真地辩解着，"蜂鸟"的确是我的名字。这个地方为什么叫"星球动物园"？什么是动物园？我脑海里一下子涌现出许多问题。

"计算机，你从哪里来？我从未见过这么大的空间飞船，还是用塑料制成的！你讲着我们的语言，但发音却有所不同。为什么'嘿——嗬'和'嗬——喂'见到你就害怕，好像你就是它们的神一样？"

"谁是'嘿——嗬'？谁是'嗬——喂'？"

"就是带我来这里的怪物呀！"

"噢，我明白了，它们是驴和狼。这里所有的动物都相信计算机是神，也就是我。我发出的超声波，会使所有的动物都感到恐惧。"

"动物？"我机械地重复着这两个字眼。

"'依——依'是松鼠，'叽——叽'是小鸟，动物们在照料着你。"计算机解释着。

"这些动物都是从哪儿来的？"我打破砂锅问到底。

"它们来自地球，"它的大屏幕上出现了画面与字幕，"让我把那时的信息都显示出来给你看吧。"时光顿时倒转回到两万年前。

"那时，地球上除了人类，还有许许多多动物、植物，有山川河流、亭台楼阁、花鸟虫鱼。真是万物生长，枝繁叶茂。可是人们开始滥砍树木、污染河流、宰杀动物，尤其是那些珍奇、稀有的动物遭到了灭顶之灾。就这样，地球的生态环境被破坏了，树木越来越少，水源也趋于枯竭，动物濒临灭亡。地球开始变热，人们变得恐惧不安，惶惶不可终日。他们试图造出空间飞船，抛弃其他动物，抛弃地球，奔向浩瀚的太空另找归宿。

"可在这时，有一位伟大的科学家发明了一种用塑料制成的空间飞船，又大又轻，便于在空间作低速运动。他把飞船内部布置得与地球的自然环境一样，有山有水有树，并将地球上屈指可数的动物带到这里安家，不再遭受彼此的侵害。然后，他又设计出一台计算机，让它随时协调飞船的冷热干湿，并能发出大量的指令，指挥动物有条不紊地生活，以便飞船正常航行。他给这座飞船取名'星球动物园'，作为历史的遗迹而保存至今。"

原来，动物生存的奥秘在这里！我内心涌起一阵狂澜，激动地对计算机说："动物不应该继续留在星球动物园里，宇宙空间中还有其他存在生命的星球。你说对吗？"

计算机说："是的，再说星球动物园经过两万年的变迁已不够坚固了，墙上有洞，也缺乏空气和水。动物需要登上有适合生存环境的行星。可是，行星上的人们欢迎它们吗？大家能和平共处吗？"

我说："这些天来，我已经能够与动物们友好相处了。我肯定是要回家的，打算把这些动物带到我的家园安家。如果得到许可，我会回来接这些动物的。"

他们不再相信我

我的宇航服到哪儿去了？

"叽——叽"在小松鼠的窝里找到了它。

我高高兴兴地穿上宇航服。驴领我回到我第一次进来的那扇门前。关门时，驴发出了叫声："嘿——嗬！"它对我的离去好像感到很伤心。

我对它温和地说："我还会回来的。"说完，我走进了我的空间飞船，并下指令让它起飞……

我刚停在家门口，父亲就从家里跑出来，激动地喊着："蜂蜂！"

我吻着父亲。

母亲则惊恐不安地念叨："整整一个星期了，都不知道你是死是活，真把我急死了。"

才一个星期，对我来说好像已经过了一个月。

"我有一个非常激动人心的消息要告诉你们。"我迫不及待地说。

等父亲端来饮料，我详细地讲述了我在星球动物园的经历。

"这里与星球动物园的差距真是太大了，我们应该把那里的动物接到这里，与我们共同生活。"我大发感慨。

"是啊，是啊，蜂蜂。"母亲连连应着。可就在这时我发现母亲飞快地看了一眼父亲，那眼神告诉我，他们好像隐瞒了什么事。

就在这时，一架空间飞船在附近降落了。我问："谁来了？"

父母彼此相视着，于是我明白了。

"是巴夫罗，对不对？你这个臭爸爸！一定是在端饮料的时候叫他来的。你怎么可以这样做呢？求你了，爸爸，别让我嫁给他，我现在可以为我们的星球承担一件很重要的任务了！"

可父亲冷冷地说："蜂蜂，你脑子里满是幻想。看来你只有嫁给他了，这也是星球总督的命令，我们不可以违抗。"

我跳起来嚷道："我讨厌他！你们为什么不相信我呢？我真不该直接回来，而应该到星球总督那里去！"

巴夫罗得意扬扬地向我走来："嘿，凯特，我还记得你告诉我的假名字。"

我顿时心生一计。

"巴夫罗，听听我出走的遭遇吧。"接着我把我的故事讲了第二遍。

巴夫罗笑了："很有意思的故事！你要是每晚都能这样给我讲故事就好了。"

"你也不相信我？"我有意激他。

他放声大笑。

"这样吧，巴夫罗，"我说，"跟我来，我带你去星球动物园。如果我说的是假的，我就嫁给你，要不你就永远离开我，行吗？"

"怎么不行？"巴夫罗蛮横地说，"我还要带个机器人去看个究竟，机器人可不会说谎。"

巴夫罗带着我家的一个机器人，跟我一起启程了，父母亲则满脸忧郁地目送我们远去。

远离群星之间的空间一片黑暗，我们什么也看不见。当我们在星球动物园着陆时，巴夫罗非常惊讶。

这时，驴从树后跑出来看我，我很高兴与它再度相见。我不再惧怕动物。

当我转过身来看巴夫罗时，我的心都要停止跳动了。只见巴夫罗满脸狰狞，正举起激光枪，枪口对准了驴。

找到了办法

就在巴夫罗扣动扳机的时候，我一把将他推倒，结果子弹打在墙上，把塑料飞船烧出一个洞。

巴夫罗躺在地上，双眼里射出凶光，他嘴里不停地喊着："我要杀死它，我要杀死它！"他简直像疯了似的。

不管怎样，我不能让巴夫罗伤害动物，便藏起他的激光枪，并且用长植物把他捆了起来。正在这时，铃声响了，所有的动物都来了，并开始寻找什么。它们在干什么？好像是一只鸟最先找到了答案，它对着墙边不停地叫着。噢，原来它们在找激光枪烧穿的墙洞，我能听到空气往外渗漏的声音。

动物们是怎样修补洞口的呢？我看到小松鼠跳到墙上的管口等待着，湿漉漉、暖融融的塑料从管道末端流了出来。小松鼠举起一小片塑料迅速跑到墙前，它把柔软的塑料贴在洞上，又跑下来到管道那里取来另一片塑料。不一会儿，孔洞修复了，小松鼠直到铃声结束才停止工作。

　　巴夫罗的情况并未好转，而且他仍然一脸凶相。动物们怕受到他的伤害，都不愿走近他，所以我只好亲自去照顾他。

　　他沉默寡言，不吃不喝。

　　我束手无策，末了只好带上驴与机器人一起去见计算机。

　　屋内射出令人恐惧的光，当然机器人不会有人的感觉，所以它与我一道走进室内，唯有驴单独留在屋外。

　　计算机自动停止了发射超声波，光线也柔和了一些。

　　计算机说："蜂鸟，你回来了，真高兴。另一个人是谁？"

　　我赶忙向它解释："它是我的家用机器人。"

　　"它看起来与真人无异。"

　　"我知道，但这无关紧要，要紧的是一切都乱了套！"

　　"出了什么事？"

　　我一五一十地告诉它自己回家后的遭遇。由于父母和巴夫罗都不相信我，我才带着他来到这里，然后巴夫罗疯了。

　　"那可不妙呀！"

　　"所以我原先设想的一切都完了。我现在认为格拉斯星系的大多数人都会像巴夫罗一样顽固不化，他们要是发现了星球动物园，准会消灭所有的动物。你说，我现在该怎么办呢？”我焦躁不安地问。

过了一会儿，计算机讲话了："我找出了这个问题的答案，即制作出逼真的机器动物，并把它带到你居住的星球上。你可以像造机器人那样造出机器动物，人们看到它，会把它当成机器人那样的东西，而不是一个活生生的动物。可以通过这样的接触，让人们逐渐消除对它的抵触感。等到人们对它不再陌生，就能与真的动物生活在一起了，也就不再感到孤独和寂寞。"

我激动极了，兴高采烈地吻了计算机一下。

制造机器动物

从照顾孩子到建造空间飞船，机器人能干许多不同的事情。除了思维，它什么都能干。可我怎么也想象不出那个伟大的科学家是怎样设计并制造出眼前的这台计算机的，它能够像人一样思考，成了一个绝无仅有的思维机器。在计算机的指导下，我带来的家用机器人能够胜任制造机器动物的工作。

我们首先要确定做什么样的动物，所以驴带着我和机器人周游星球动物园，选择合适的制造对象。

我不知道星球动物园里怎么会有那样多的房子，数都数不过来。有的房子里充满了水，水里游弋着各种各样的鱼，水底则走动着奇形怪状的动物，真让我大饱眼福。

有些房间里覆盖着白雪，那里的动物有着白色的毛发。有些房间很干燥，有些则很湿热，里面长满青色的植物，并盛开着鲜花！

我做梦也不会想到，我会见到种类如此繁多、连名字也叫不出的动植物。这时，一只动物穿过草地，来到我的身边，我喂食物给这只大胆的动物吃。

我与这只动物玩了约一个小时，它不停地做出各种有趣的动作，使我开心极了。计算机告诉我它叫猫，我马上命令机器人："你必须把那个动物做出来。"

机器人观察了猫并触摸了它，很快收集到了需要的数据，便开始着手制造。机器人用金属制成一个框架，然后给它涂上一层柔软的塑料，像是一层皮。接着，又用毛遮住那层皮，其外貌、声音及功能都能与真猫相媲美。我欣喜若狂，把它搂在怀里，万分感激地告别了计算机。

回到空间飞船，机器人给巴夫罗施加催眠术，以免他干扰我们的行动。

我再次离开了星球动物园，动物们列队在门前肃立送行。

机器动物的命运

巴夫罗睡着了。我吩咐空间飞船把我们带往新大陆——星球总督所在的星球，尽快完成我的使命。

几分钟后，飞船着陆了。我看见许多人正在匆匆赶路，没有人理会我。那里的人衣着华丽，非常时髦，此时我感到写有我名字"蜂鸟"的旧衣服是如此的寒酸。我对机器人说："给我做身新衣服，好让我显得更重要。"

我换上新衣服，好像成了另一个人。新衣服在我身上飘舞着，变幻着各种色彩，这终于让我看起来与这里的人一样时髦了！

我走出空间飞船时，什么人都不怕了。

我找到星球总督的所在地：一个低洼处的办公室。在那里，我与守卫警察交谈，他不相信我叙述的星球动物园是真实存在的……直到机器人予以证实时，他才相信，因为他知道机器人不会撒谎。

警察把我带进一间星形房间，这就是星球总督的办公室了。

在首席位置就座的就是我日夜想见的星球总督。在官员们的催促下，我把自己的经历又叙述了一遍。

讲完之后，所有人的目光都集中到我身上，他们急于见到我的机器动物。

我让机器人敞开腹部，放出机器猫。小家伙毫不迟疑地跳到办公桌上。它跟活的一样，张嘴发出那种动物特有的喊叫声，还露出锋利的白色牙齿。

一刹那，每一位官员都张大了嘴。

一道亮光陡然闪过，小动物爆炸了。在星形办公桌上，除了一点儿熔化了的塑料和一股毛发烧焦的味道外，什么也没留下。星球总督手下的官员用激光枪毁了它。

官员们跳起来喊叫着，他们的面孔充满仇恨。他们有着与巴夫罗当时一样疯狂的眼睛，只让机器动物存活了几分钟。尽管我已事先告诉他们，那是一个机器动物，可他们竟然还是与巴夫罗一样要毁灭它。

事情越来越糟。他们纷纷要求星球总督下令，把星球动物园的动物统统消灭掉，并逼我说出星球动物园的方位。我当然不能说，我不能让他们像疯子那样为所欲为。官员们见达不到目的，就踢桌子摔椅子，整个办公室乱作一团。

计划失败了。官员们都像巴夫罗一样发疯了。我非常害怕，我该怎么办？

绝处逢生

这是没有门的监狱，没有警察监视我。我不知道电梯的操作密码，所以我没法坐电梯逃走。虽然有楼梯，但得笔直得向上走十千米才能到达地面，而且沿途都设有关卡，我过不去。

我需要食物和水，可整整三天都没人理我。第四天米了一个当兵的，他带我回到星形办公室。

一个背有点驼的老人坐在星形办公桌前，他单独一人，而且神色疲惫。

"蜂鸟。"

"你是谁？我不认识你。"

"我是新上任的星球总督。"他的声音听上去郁郁寡欢。

"那原来的星球总督和他的官员们……"

"他们还没有从疯狂和仇恨的状态中恢复过来。"老人严肃地说，"我想多数人会平静下来，他们只是暂时不能接受动物的概念罢了。"

我赶紧解释说："它不是真动物。"

"这没有什么两样。我不过是暂时代替行使总督的职权，在你给那些官员展示动物的时候，我恰好不在场，很幸运我没有疯狂。现在你听着，蜂鸟，我有些事必须告诉你，一些难办的事。"老人补充说。

"是有关我家的事？"我问。我看着他那紧板的脸，心里一阵紧张。

"不，你是格拉斯星系中唯一知晓星球动物园地址的人。要是让其他的人知道了，星球动物园就会遭到洗劫，那里的动物将被杀死，星球动物园将面临毁灭。保存星球动物园是件很重要的事，所以必须保守这个秘密。蜂鸟，很抱歉，你必须留在这里度过你的余生，我知道你还是一个小姑娘，但我无可奈何。"

"度过一生？"我绝望地说。

老人说："是的，就留在星球总督所在的新大陆星球，这里总有你能胜任的工作。"

"什么工作？"

"现在什么事都乱了套，比如说，我们这里有一些小孩没人照管，机器人在做这项工作，但小孩子们需要活生生的人来陪伴，你愿意试试照顾他们吗？"

我痛痛快快地答应了。

于是我去看那些孩子们。当我看到正在与孩子们玩耍的机器人时，我笑了，因为这个机器人正是我带来的那个，我真高兴，我觉得我们会密切合作，干好这项工作。

正像那位老人说的那样，孩子们需要人关爱。一个小姑娘抓住我的头发，另一些孩子拉我的手、扯我的衣服，这些孩子们比星球动物园里的任何一种动物都难伺候得多！

我对机器人说："要是有动物与他们一起玩就好了，这些不懂事的孩子决不会在意。"

机器人回答："你会如愿以偿的，我还有一个机器动物。"

"什么？"我激动而又惊讶地喊起来。

机器人又说："它就在我的肚子里！"

原来在我照顾巴夫罗的时候，机器人又做了一个机器动物。机器人打开腹部，让机器动物跳出来，它与前一个机器动物一模一样。

孩子们止住了哭泣。

机器动物开始表演，它想越过自己的一只脚去咬自己的尾巴，孩子们大笑了起来。

我轻声对机器人说："要是孩子们与机器动物玩惯了，将来就不会对动物产生恐惧，更不会因此而发疯。这样，他们长大之后，就能与真正的动物友好相处；再等这些孩子做了父母亲，他们的孩子就会与动物自然而然地生活在一起了。也许这要花费二十年、三十年，甚至四十年，但终究……"

我听到有人走近的声音。我对机器人喊道："快把机器动物藏起来！"

机器人敞开腹部，让机器动物藏了进去。

所有的孩子都哭了起来，他们留恋刚刚还在一起玩耍的机器动物！

来者是新任星球总督。他环视了所有哭闹的孩子们。

"我能为你做点什么？"

我说："没什么，请坐下，我又有重大的消息要告诉你，听听刚才发生的事吧。"

老人倾听着。开始他感到愤怒，之后又感到吃惊，最后便为之振奋。

星球总督说："蜂鸟，我肯定不会去看那只机器动物，我不想发疯。你的想法是好的，但我们必须谨慎行事，我们从一个家庭做起，要吸取之前的教训。我想你最终会恢复自由的，蜂鸟。"

"你们很快就会看见机器动物的。"我给孩子们许愿，并亲了亲那群仍在啼哭、吵闹着要看机器动物的孩子们。

"看来孩子们还真喜欢上了机器动物！"星球总督说，"它是一种什么样的动物？"

"它叫猫！"

"小猫，"老人又重复了几遍，并略有所思地说，"将来这些孩子们会把我们的星球建设得更美好。动物也能到这里生存，并真正给人类带来乐趣，就像这只小猫一样。"

　　我听到老人这么说，欣喜万分，连声说："会的，会的，将来一定是这样！"

（张军方　王露　编译）

关于作者和作品：

　　《星球动物园》的作者哈里·吉尔伯特是位教师，住在伦敦。这篇作品把人类描写成是地球这颗行星上最成功的动物。所谓"成功"，是指在与其他动物的斗争中取得了成功。在争夺食物或土地的问题上，人类战无不胜。这跟我们现在的所作所为多么相像：我们砍伐树木、修建房屋或工厂；我们在土地上种植粮食，而其他动物不得不另寻生存空间。人类是再聪明不过的动物，但也许聪明过头了，这篇文章就深刻讽刺了这一点。

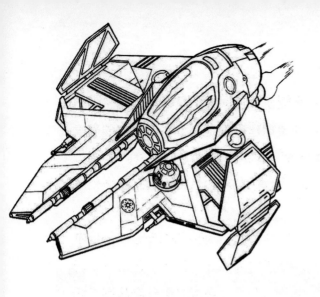

永夏之梦

夏笳

整个生命不过是一夜或两夜。

——普希金

怨憎会

记忆总是靠不住的。

那人概是2002年，喧嚣的夏夜，街灯在潮湿的空气中吞吐光芒，如同坠入浓雾里的大串繁星。夏获坐在人群熙攘的小吃街里喝着一杯冰镇酸梅汤，突然听见一阵吹埙声飘荡而来。

某种熟悉而又陌生的东西在夜风里汇聚，汇聚然后散开。那声音从黑洞洞的城墙上落下，穿越潮水一般起伏荡漾的欢笑声、叫卖声、板胡与秦腔声，以及一团团烤肉的青烟。曲调是苏武牧羊，幽咽古朴，像是腊月里的寒风在呜呜啜泣。夏荻抬头仰望，夜空被满城灯火染成绯红色，城墙上那个小小身形如一纸淡薄的剪影。埙声如泣如诉，直到最后一个音符沉沉地坠入地下，许久之后，那个人影远远望过来了。

他看见了，他在分辨、在回忆，漫长的回忆！永生者的记忆往往模糊而散乱，缺乏时间的有力约束，但对一个行者来说，最不能浪费的就是时间。夏荻跳起来转身就跑，无数次的经验证明，只有奔跑可以救命。身后不远处响起一阵沉闷的水声，像是有什么人从十几米高的城墙上跳进了护城河，夹杂在一片车水马龙中，格外惊心动魄。

她低头只管跑，转眼已经跑过了两条街，耳边风声呼啸，脚下的运动鞋开始发烫，无论何时何地，她总穿着最好的鞋子，以备随时逃命的需要。两旁路人奇怪的眼神望过来，又茫然地飘向别处。这样一个漫长的夏夜里，什么样的事都有可能发生，黑影在身后穷追不舍，带着湿漉漉的脚步声慢慢接近。

这一场奔逃毫无意义，夏荻心里明白，无论跑多久，对方总会紧跟在后面，永生者不受时间概念的限制，也从不懂得什么叫疲倦。然而她依然在跑，不肯就这样认输。他们跑啊跑，穿过流光溢彩的喷泉广场，跃过隐藏在树丛里矮矮的街灯，惊动了墙角追逐嬉戏的野猫。前面是一座天桥，她跑到最中央猛然停下脚步，转身望着来人：黑色的眼睛，黑色的头发，黑色的式样普通的短袖衫在滴滴答答往下淌水。他年轻的脸上有一些浅浅的皱纹，将两边嘴角向下拉，仿佛某种危险而冷漠的笑意。夏荻的双腿微微颤抖起来，红的黄的车灯在脚下川流不息，掀起一浪又一浪灼热的气流。

"你果然还活着。"黑衣男人轻声说，他说话略带一点当地口音，几乎就和其他生活在这城市里的人没有任何分别。夏荻咬紧了嘴唇不说话，黑衣人耐心地等待着，潮湿的夜风从天桥上吹过，无声无息。许久之后，他又开口说："你来这里多久了？"

在他这句话说完之前，夏荻纵身一跃，猫一般矫健地翻身爬上天桥扶手。然而黑衣人似乎早已预料到这一切，并没有一丝犹豫地扑上来，刚好抓住她的一只脚。城市和街道在眼前颠倒了过来，夏荻一头栽下去倒挂在半空中，无数灯火在地平线上沉沉浮浮。

"抓住了。"黑衣人的声音从遥远的地方传来，夏荻用尽最后一丝力气仰头向上望，望见那张年轻却又苍老的脸，镶嵌在略微透出绯红的天幕前，像一尊石像般读不懂摸不透。

"好，送给你了。"她费力地说出这几个字，咧开嘴微笑着，那张脸上浮现出一丝惊疑和沮丧，紧接着，她绷紧全身每一寸皮肤、每一缕肌肉和筋脉，向着未知的流光中奋不顾身地一跳。

那一跳之后，她消失了，从2002年的这个喧嚣的夏夜里彻底消失，只剩下被汗浸透的几件衣服随着夜风坠入天桥下，还有一只发烫的运动鞋留在那个黑衣男子手里。

病

公元468年，瘟疫沿着河流与道路向四面八方传播，中原大地陷入一场浩劫。

从落地的那一刻起夏荻就开始后悔，这是一次鲁莽的跳跃。在接受足够的训练之前，行者的每一次跳跃都是危险的，时间线中充满湍流与旋涡，稍有不慎便可能迷失，更何况这是一次跨度如此之大、耗能如此之高的跳跃。决定是在仓皇中做出的，那一瞬间她甚至还来不及决定自己要去哪里，只是盲目地想要逃跑。

这一跳跨越了一千五百多年，精心积攒起来的能量被消耗殆尽，她被困在这个糟糕的年代里了。

长安城中一片荒芜。依旧是夏天，尘土飞扬的大路上堆满尸体，血水从他们空洞的嘴里涌出来，引来大批苍蝇，阳光照上去映出一片绿荧荧的反光。无人看管的牛羊在街头漫无目的地徘徊，野狗相互撕咬，发出单调的狂吠声。

一辆破旧的驴车出了城门，沿着荒草丛生的道路向北前进。活下来的人不多了，这些幸存者的脸色和眼神也像死人，没有人知道什么时候死亡会轮到自己，也不知道要逃到哪里才算安全。夏荻坐在车上遥望天空，一群群乌鸦在青蓝的天幕中拍打翅膀，却听不到一丝声响，世界如此寂静，寂静得令人忘记了恐惧。

她去过许多时代，见过许多死亡与苦难，相比之下，富足和安定才是少数，因此她不得不一直奔跑和跳跃，寻找漫长岁月中一个个可以栖身的狭窄缝隙，然而这样的栖息总是不能长久，总有这样或那样的突发事件胁迫她一次又一次仓皇间起身，向着未知的时空跳跃、寻觅，然后再跳跃。行者的生命其实很脆弱，有时候她觉得自己像草尖上的一只蚱蜢，明明知道活不过短短一个夏季，却仍要在某种未知的本能支配下不停蹦跳。

旁边一个老妇人开口说了些什么，这个时代人们说话的口音很难懂，大概是受北方少数民族的影响。夏荻呆呆地看了一会儿，才明白对方是问自己要不要喝水，她摇摇头。老妇人便从腰间摸出皮袋递给旁边一群孩子，从几岁到十几岁的都有，眼睛里或多或少还有些活气。他们一个个接过皮袋喝上一小口，然后再递给下一个，不争执也不贪婪，像一堆安静的小兽。老妇人最后一个接过袋子，刚刚举到嘴边，却像浑身着了火般抽搐起来，孩子们缩在一起呆呆地看，没过片刻，那尊枯瘦的身体就倒下去了，眼睛和鼻子里流出淡红的液体。

夏荻跳起来，逃跑的意念本能般涌入身体每一个细胞，不管往哪里，只要离开这个地方，哪怕只是向前或向后几个月的时间，或许就能捡一条命。她跳下车正要拔腿奔跑，突然间身后传来一道凄厉的声响，像是一只大鸟在悲鸣——老妇人坐了起来，上半身转了一个几乎不可能的角度，朝夏获伸出一只骨瘦如柴的手，黑洞洞的嘴巴大张着，却再也发不出一点声音。

夏获站住了，老妇人的胸膛像个风箱般一下一下地抽动，每一次都从喉咙里挤出一些黑红的泡沫，沿着嘴角往外涌。接着，她用尽最后一丝力气，转身指向车上那群孩子，然后就直挺挺地倒了下去。

孩子们依旧呆呆地缩在一起看着，仿佛不明白发生了什么事。夏获犹豫了一下走过去，低头看那张核桃皮一样斑驳的脸，脸上的五官缩成一团，不知是哭还是笑，只有一双血红的眼睛直勾勾盯着她看，像是要烧起来。夏获受不住这目光，把脸侧向一边，低声说："我答应你。"

用最后一张草席子卷起来扔在路边的草丛里的尸体，很快就被一群乌鸦聚拢上来啃食，远远望去如一团黑漆漆的云雾。夏获赶着车继续上路，她没有选择，也没有目标，只能向前。皮袋里的水很快喝完了，干粮也早已耗尽，车里的孩子们却不哭不闹，只是没日没夜地昏睡。

第三天傍晚，他们终于遇见了一个村庄，夏获跳下车，沿着荆棘丛中的小路飞奔过去。没有风，但两侧丛生的灌木依然哗哗作响，除此以外再没有别的声音。她大声呼喊，却只听见自己的呼喊声在四周回荡，一圈又一圈。

村中央竟然有一口井，夏获凑过去，闻见一股恶臭直冲上来。她犹豫再三，扔下桶绞了半桶水上来，水色还算得上清亮，只是微微有些泛红。她拖着水桶刚要离开，突然有个少年的声音在身后响起：

"喝了那水，你会死得更快。"

她只回头看了一眼，手中的水桶就掉入草丛里，骨碌碌滚开了。许久之后她才回想起来，此时距他们两人最早一次见面还有五百多年。

炉灶上架着两只瓦罐，一只里面煮的是深褐色的草药，另一只里面是金灿灿的小米粥。少年站在一旁，时不时把一根手指伸进滚开的药汤里，蘸一点放到舌头上舔一舔，然后再从旁边捏一小撮叶子或根须放进去。夏荻蹲在下面扇风，旁边围坐了一圈小孩子，都抬头眼巴巴地看着瓦罐。

"粥好了。"夏荻轻声说一句，米粥的香气绕着鼻尖打转，自己的肚子先咕咕地叫了起来。少年看也不看她一眼，只盯着面前的药罐说："端到一边先放着，这药得空腹喝。"

夏荻抬头看那张小小的脸，黑色的眉眼掩映在一团团蒸汽里，显得比任何时候都要陌生。她问："你叫什么名字？"

"姜小山。"少年想也不想就回答。夏荻愣了一会儿才明白过来，姜小山是他在这个时代的名字，每一个永生者都要在迁徙和流浪中不断改变自己的名字，以免引起太多人注意，这一点他们是一样的。

"你呢？"少年低头问她，"你叫什么？"

夏荻咳嗽一声，连忙抹了一把被炉火熏红的眼睛，含含糊糊地说："小花，夏小花。"

他们喝了药，又吃了粥，横七竖八地躺在干草垛里沉沉睡去。睡到半夜，夏荻突然醒了，周围太过寂静又太过喧闹，只是各种虫声，此起彼伏地高唱成一片。她小心地爬起来，一眼便望见院子里有个人影。那个自称姜小山的少年独自坐在月光下，一双黑漆漆的眼睛望着满天星斗，偶尔有一两只飞虫停在他脸上、头发上，他却像块石头般一动不动。

夏荻突然无端地为他难过起来。永生者大多是寂寞的，在这漫长的荒蛮岁月里，只有他一个人默默地思考，从那些过于丰富却凌乱的记忆中寻找一切问题的答案。他不能像她一样轻松地窥视和预知未来，只能独自等待，而等待是这世界上最沉默的苦痛。

月色如水一般泼洒在草丛中，夏荻走过去，她知道的那个名字不知不觉从嘴边滑落：

"姜烈山。"

少年回头看她，神色无惊亦无喜，他经历过的事情太多了，但那三个字似乎唤起了某些记忆。

"好像有很久没用这个名字了。"他说，"我们见过面吗？"

夏荻犹豫了片刻，说："见过。"

"你是谁？"少年问。

"我不能说。"夏荻回答。

"你是跟我一样的人吗？"

"我也不能说。"

"为什么？"

"还是不能说。"夏荻叹了一口气，"但相信我，你总有一天会知道的。"

少年想了想，说："你是仙人吧？"

"仙人？"夏荻愣一下，笑了，"你见过仙人吗？"

"不记得了，也许见过。"少年说，"也许是梦。"

"你能分清楚什么是梦，什么是真实吗？"夏荻问。

"如果有一天我从这场梦里醒来，也许就能分清了。"

他说完又重新望向天空，满天星辰璀璨得像要燃烧起来。夏荻在他旁边坐下，整个漫长的夜晚他们不再说话，只是各自仰望星空。四周充溢着草木的呼吸声，不知不觉间，两个人相继躺在草丛里睡着了。

她又一次梦见了那个没有月亮的夜，一个四五岁的小女孩独自坐在野地里，赤身裸体，寒风里回荡着野狼悲凉的长啸。天下起雨，她开始放声大哭。

没有人听见，她一个人迷失在完全陌生的时代，辨不清四面八方，辨不清时间线上的顺序。她开始跳跃，一次又一次，向前或者向后，盲目而疯狂，像一只受惊的野兽般四处逃窜，却总是回到那片下着雨的荒原上。

第一缕晨光亮起来的时候，她终于醒了。

夏荻跳起来望向四周，夜露打湿了她的头发和衣服，有一丝丝的凉。少年睁开眼睛看着她。

"我要走了。"她说。

"去哪里？"少年问，"还是不能说？"

"还没想好，但我必须走了。"夏荻说，"我走以后，你可以帮我照顾这些孩子们吗？"

"那要看他们的命。"

"谢谢。"夏荻点点头，"谢谢你那罐草药。"

她转身向着尚未消散的晨雾大步走去，渐渐加快脚步，最终奔跑起来。清晨的空气有一丝隐隐的甜，冲淡了嘴里苦涩的药味，也冲淡了残留的漆黑梦境。她在心里默默安慰自己，永生者的记忆是最靠不住的，也许用不了区区一两百年，他就会忘记这次邂逅了。

老

她又向前进行了几次小心的跳跃，终于来到公元前490年。这是一段宁静而熟悉的岁月，自从老头子出关隐居秦地后，她便时不时去拜访。

这或许是一种依赖，一种遥远童年回忆带来的温暖。漫长的雨夜里，一只手落下来放在她头上，夏荻带着满面的泪痕和雨水抬起头，模模糊糊看见一个须发全白的老人，面色慈祥得不沾人间烟火，而他另一只手里有一条粗毛毯子，还有馒头。

"我是一个行者，跟你一样。"他说，"我专门来这里找你。"

每一个年幼的行者都需要一个领路人。他们穿越时空，找到那些迷路的孩子，把他们带在身边一起流浪，直到教会他们生存所必需的一切：奔跑、跳跃、辨别方向和年代、了解不同时代的基本语言和文字，以及赖以为生的小技能——冶炼、配制草药、占卜、预言，甚至还包括打架和偷窃。

"偷东西是不道德的。"她记得自己曾这样说过。野地里刮着寒风，她只披着一条毯子，冻得瑟瑟发抖，表情却无比严肃。老头子坐在火旁烤着一堆土豆，悄无声息地笑了。

"什么是道，什么是德？"他慢悠悠地说，"这个问题我想了一辈子也没想透彻呢。"

傍晚，余晖正慢慢从山谷中消散，夏荻步履轻盈地走着，一路上山泉唱得清脆，水浪里夹杂着红的、粉的野蔷薇花瓣。生命的最后十几年里，老头子开始把精力逐渐放在侍弄花草上，茅舍外方圆几十里飘荡各色馥郁的芬芳，一派仙界景象。

"老彭！"远远地，她便喊起来。老彭和彭祖都是他在聃（dān）国彭地用过的名字，除此以外他还有很多名字：李聃、李冉、李阳子、李莱、李伯阳、李大耳。老头子从花丛中站起身来，他老得不能再老了，神色气度却与他们初次见面时没有什么分别。夏荻一路跑过去，抓住他的衣袖跳啊跳的，像个小孩。老头子只是笑，说："疯丫头，又来了？"

"你不肯出来，我只好来看你了。"夏荻撒娇般拖长声音，"现在什么季节，新茶下来了吧？我要喝。"

"丫头，你修炼成精了，每次都挑这时候来。"老头子边说边微笑着往屋里走，夏荻依旧拽着他的袖子跟在后面，眉开眼笑地抢白道："我哪有挑时候，都是撞上的。老彭你就别装了，一个人待在这深山野林里连个说话的人都没有，有人肯过来陪你喝茶，高兴还来不及呢！"

"谁说没人了？"老头子慢悠悠地说道，"这会儿正好有客人，既然来了，不妨进来一起坐吧。"

屋里真的有人，一个女人，穿的虽然朴素，却娇艳得让整个屋子都散发出光芒。即使是见过许多美人的夏荻，还是不由看呆了一下。

"这是谁？"她偷偷拉老头的袖子，老头笑而不答，只管去一旁沏茶。那女人斜倚在桌边看了她一眼，姿态悠闲得像一朵云。

"你就是老聃经常说起的那个孩子吧。"她笑着轻声说，"叫什么名字来着？一时间想不起来了。"

夏荻偷偷瞄了一眼老头子，说："夏小花。"

"叫她阿夏吧。"老头子端了茶上来，坐在那女人旁边，转头对夏荻说，"来得正好，最近又去了哪里？讲给我们听听。"

夏荻端起杯子仰脖就喝了一大口，滚热的茶汤烫了舌头，那久别重逢的香味却一路冲进胸膛，她舒服地呵出一口气，说："还不就是来来回回地跳，你都带我去过的，没意思。"

"上下五千年，任你遨游，却还说没意思，未免也太不知足了。"一旁那女人笑着说，她一对细长的眉眼像是水墨描画出来的，洋溢着雾蒙蒙的水汽。

"就是没意思。"夏荻说，"再美、再新奇的东西，再繁华的时代，都跟我一点关系也没有。别人的生老病死、悲欢离合，都像是戏。我只能在台下看着，看完了什么都剩不下。"

"既然这样，为什么不回你来的那个时代呢？"女人说，"像个普通人那样平平淡淡过日子，就当你这些年的旅途全是一场梦也好。"

"可那样也未免太无聊了呀。"夏荻托着腮，两条眉毛拧在了一起。

"这就是静极思动、动极思静的道理。"老头子笑着说，"你现在不明白，也不能强求。"

夏荻看他一眼，吞吞吐吐地说："只怕以后想回也回不去了。"

"怎么？"

"我遇见姜烈山了。"

"姜烈山？"老头子想一想说，"可是你以前招惹过的那个？"

"是啊，他本来还以为我死了呢。"夏荻沮丧地一头撞在桌子上，"想不到两千多年后还能撞见，谁有我这么倒霉啊？"

"姜烈山，这名字听起来倒有点耳熟。"那女人说，

"莫非是做过炎帝的那个孩子。"

"正是。"老头子说，"他们部落姓姜，又号烈山氏，就用过这么一个名字，也是个永生者。"

"这孩子是不简单，他掌管神农氏部族那时候，还是个不懂事的娃娃呢。"女人笑着说，"只是涿鹿一战后就再没有了消息，大概是懂事了，不想再出来抛头露面。"

"自周以来，众神渐隐，或许正是这个道理。"老头子说，"他们做过的那些事代代流传下来，也就成了神话。"

女人突然笑一声说："不知他们怎么写我呢，你可知道？"

"多少知道一些。"

"那你一定不要告诉我。"女人说，"我要慢慢等这个变成神话的过程。"

夏获呆了一呆，问那女人："你到底是谁？"

"我是谁，这个问题可难回答了。"女人说，"我是女娲，也是妲己，我有成百上千个名字。我做过上古时代的神，也是凡尘中的传奇。我是一个永生者。"

夏获惊跳了起来，永生者与行者势不两立，如同造化精心安排的一对宿敌。千万年来，他们相互揣测、窥视、斗争、围剿和杀戮。永生者守护人类的历史，如同田野里屹立千年的稻草人，而行者则在期间蹦跳穿行，留下一个又一个缺口。老头子曾教过她，遇见永生者，你只能跑，向过去跳跃，再也不要回去。也许他们会忘记你，也许不会，但他们总有充足的耐心在未来等候，用漫长的时间织一张网，等待你自投罗网。

女人看着她的脸笑起来，"傻孩子，吓成这副样子。"她说，"放心，我是老聃的朋友。"

"朋友？"夏荻不信，"你们怎么会是朋友？"

"我们认识的时候，怕还没有你呢。"女人仍然在笑，永生者总是这样，漫长岁月中的表情化成面具蒙在脸上，如同会呼吸的神像。

"可你来这里干什么？"夏荻还是紧张。

"你能来，我就不能来了？"她说，"老聃就要死了，我来看看他。"

夏荻愣愣地站在那里，老头子从后面按下她的肩膀，说声："坐下吧。"夏荻回头看他，问："你要死了？"

老头子点点头，说："大概活不到秋天。"

屋里静静的，只有茶壶在泥炉上嘶嘶地响。

"我已经很老了。"他说，"人老了就总有这一天，将来等你老了，也会像我一样，哪里都不想去，只想回到自己最初生活的那个时代，静静地养老。"

"你早就知道吗？"夏荻问，"知道自己什么时候会死？"

"不知道，行者看不到自己的未来。"老头子说，"只是人活了这么久，自己大概什么时候要死，总还是有点感觉的。"

"那我以后到哪里去找你？"夏荻突然鼻子酸了一下，"过去？未来？还是此时此刻？"

"都可以试一试。"老头子说，"你还有那么多时间。"

"我不走了。"夏荻说，"我要留下来陪你。"

"陪我等死吗？呵呵，也好。"老头子笑着说，"有你们两个陪我，我很开心。"

可那一刻到来前，她还是逃跑了。

"请原谅我的不辞而别。"她在一块窄窄的竹简上写道，"等我真正准备好的时候，我一定会回来，回到此时此地，回来陪你。夏荻。"

她把竹简放在桌上，回头又看了一眼，女娲坐在床头，手里依旧打着一把蒲扇，老头子伏在她膝盖上蜷成一团，睡得像个婴儿，茅屋里回荡着两人浅浅的呼吸声，起伏间连成一片。

她静悄悄出了门，屋外星光灿烂，洒在草叶上宛如白霜。

死

几千年来，人类一直在这片土地上栖息着，不慌不忙，沉默而坚韧，就连他们的语言与生活习俗也不曾有过太大的改变。也许正是这一点令夏荻如此留恋，无论跨越多少年，她始终不曾离开过这里。

黄河与秦岭之间，八百里广阔的平原，这里是她出生的地方，也是人类和诸神的故乡。

清明前刚下过一场雨，土地松软湿润，散发出略带苦涩的气息。远处的土塬上，隐隐有一缕缕炊烟升起，飘向耀眼的蓝天。夏荻走上一段参差不齐的石阶，这是一块有年头的墓地，几乎没什么人来上坟，青灰的碑石散落在草丛中，如同许多刚冒出地表的蘑菇。

她一个人沿着快要被荒草淹没的小路向里走，一个灰色身影突然从墓碑中立起来，夏荻惊得一跳，刚要扭头狂奔，这才发现面前不过是个上了年纪的老人。

"来上坟？"老人眯缝着眼睛问她，他的脸同样像风干的核桃皮，沟壑纵横。夏荻抚了抚狂跳的心口，说："是，上坟。"

"以前没见过你。"老人说。

"我从外地来的。"

"从城里？"

"对，城里。"

"你是哪家的？"老人依然絮絮叨叨地问，仿佛这些对话也都是他的职责。夏荻想了想，问："夏青书是葬在这里吗？"

"夏青书？"老人抬起眼皮打量她，"你是她什么人？"

"您认得她？"夏荻心口又是一跳。

"认得。"老人慢悠悠地说，"好多年前的事了，她在村里教过书嘛。那时候不比现在，谁见过女人教书哩，名声传遍整个塬上，即使不认得，也该听过啊。"

"你见过她本人吗？"夏荻声音有些发颤。

"怎么没见过，她还手把手教过我写字哩。不知你见过现在村中祠堂里挂的一副对联没有，就是她写的。"

她有些惊愕，又有些迷惘，从眼前这张核桃皮般沟壑纵横的脸上，无论如何也分辨不出那些孩子的样子，而自己的样子分明没怎么变，对方竟也认不出，人类的记忆永远是靠不住的。一个许多年前就已死去消失的人，最终在他人心中留下的，也不过是一点模糊的印象残片罢了。即使此刻她就站在这里，告诉老人自己就是当年的夏青书，或许他也只会不以为然地摇摇头而已。

然而那天晚上在城墙上，姜烈山竟然认出了自己。

她心中一凛，像是有什么冰凉的东西掉进去，激起一片回响。

老人只顾背着手往前走，一边走一边继续念叨着："她的墓就在前面，不大哩。这片地埋的都是外地人，好些人连名字都没有。夏青书死得早，可惜啊。"

"可惜什么？"

"那时候族长家的小三子想娶她过门的，过了门，就是村里人了，也不会埋在这里。"

夏荻愣了一下，突然想笑，不由脱口而出道："人家也不稀罕这个。"

"你知道？"老头又不屑地抬起眼皮看她，说，"那你说稀罕啥？"

一时间没了声音，许久，夏荻低声喃喃道："我也不知道。"

　　墓地不大，却也七拐八拐地走了许久，老人突然停下脚步，说："是这里了。"

　　一方小小的青石墓碑，几乎隐没在茂盛的草丛里，上面刻着"夏青书之墓"，除此以外，再没有其他。然而碑前却有些没烧干净的碎纸钱，落在草丛中像残缺不全的灰蛾翅膀。夏荻弯腰捡起一片，拈了拈，纸钱是新的，还有被露水打湿过的痕迹。她问老人："有人来拜祭过？"

　　"有，早上刚来过，又走了。"

　　"谁？"

　　"不认得，也说是城里来的。"

　　夏荻心里猛跳了一下，"是不是个年轻人，穿了一身黑衣？"

　　"穿什么衣服不记得了，年纪倒是不大。"

　　"他来过多少次了？"夏荻跳起来，"是不是每年都来？是不是一直那个样子，好像永远不会老？"

　　"好像以前是来过。"老头眯着眼睛像在回想，"样子记不清了，可年纪是不大哩。"

　　还没等他说完，夏荻便转身风一般地跑了起来，草丛里大大小小的碑石绊得她跌跌撞撞，直到跑出十几里地才停下脚步。正午的阳光耀眼，她大口喘着气，额头上一层细密的冷汗，直到她想起，此时此刻的姜烈山并不知道自己还活着，这才惊魂稍定。

然而他来过，从以为自己死掉的那时候起，他就每年清明都来这里拜祭。如果不是很多年后的那个夏夜，他在城墙上看到了自己，也许还会这样一直下去，在那个埋葬着谎言的小小墓碑前烧一叠纸钱，年复一年。

她一个人在广阔的土塬上漫无目的地走着，穿过绿油油的麦田和粉色的荞麦花，偶尔也有大片罂粟开得正艳，五彩花瓣娇美动人。突然间，一个恶作剧般的念头涌入脑海：

既然你来拜过我的墓，那么让我也去拜祭你一回吧。

《国语·晋语》中记载："黄帝以姬水成，炎帝以姜水成。"北魏郦道元就在《水经注》中详细考察过姜水的分布。明代天顺五年①《一统志》也记载着："姜水在宝鸡县南。"县南有一座姜氏城，唐代这里建过神农祠，祠南蒙峪口有常羊山，山上有炎帝陵，只是眼下祠堂已毁，陵圮失修，散在荒烟蔓草中不见踪影。

傍晚时分，夏荻一个人坐在水边点燃一堆纸钱，明亮的火焰在暮色里显得异常温暖。一阵风吹过，尚未熄灭的灰烬慢悠悠地盘旋上升，向着河对岸飘去。岸上一个摆渡的精壮汉子在一旁有些好奇地看着，许久后，终于忍不住问："姑娘这是给谁烧的纸啊？"

"给炎帝。"夏荻说。

"拜炎帝哪是这个时候啊？"精壮汉子笑起来。

---

① 天顺五年是1461年。

"那应该什么时候？"

"正月十一啊，正月十一是炎帝生日，都去九龙泉上拜祭。"摆渡汉子说，"炎帝是神，又不是你家亲人，哪能在清明拜呢？再说也没有烧纸钱的。"

夏获望着面前明明灭灭的火堆，突然笑起来，说："没事，心意到了就好，礼尚往来嘛。"

摆渡汉子虽然不很明白，也跟着点点头，趁机问一句："你还要不要过河？这会儿别家都回去了，就剩我这一条船了。"

"也好。"夏获说，"我就坐你的船过河吧。"

她跳上船，摆渡汉子一双粗壮的手臂摇开橹，小船在波浪里沉浮，如一杆菅（jiān）草般轻盈。摇着摇着，那汉子便放声吼起一首酸歌来：

"哥是天上一条龙，妹是地上花一丛；

龙不翻身不下雨，雨不洒花花不红。"

歌声沿着河面顺流而下，远而复近。夏获抱着膝盖侧耳倾听着，心中突然浮现出无数奇异而清晰的景象，在遥远的过去，也在恒久的未来，时间和空间纠结成团，又融为一体。

她在河边住了下来，一直到战争爆发前的那个秋天，才又一次神秘失踪了。

生

她跨过一个又一个朝代，沿着人类文明的长河逆流而上，一路密切关注着姜烈山的消息。每一个灾荒与瘟疫的时代里他都会出现，用草药和那些漫长岁月里积攒起来的智慧拯救苍生。与此同时，他还传播并且改进了上古时代流传下来的技艺：陶器、弓箭、绘画、乐器、文字和历法。而在繁荣富足的年代，他则隐藏起自己的身份。然而，越是古老荒蛮的年岁，他的形象越是光辉。

她经过他们相互争斗的那一段时光，经过他们一次又一次相遇，经过涿鹿战场，经过他做炎帝时那段峥嵘岁月，一直回到最初的洪荒中去。

公元前四千多年前，这片土地还没有名字。广袤肥沃的平原上有一条河，河边有一座简朴的村庄，村外是一片茂盛的谷子地，先祖们在这里繁衍生息。夏荻走进村子，几只尚未进化完全的狼狗狂吠着冲出来，紧接着是几个手持石斧和弓箭的男人。她向他们打着各种手势，并尽量模仿他们简陋的语言，以表示自己没有恶意。

除去皮肤较为白皙光滑外，她和这些人在外貌特征上几乎没有什么显著区别。于是，人们收留了她，让她跟其他几个年轻女人住在一起。这个时代的生活条件甚至不足以用"艰苦"二字形容：没有充足的食物，没有医药，甚至一只蚊虫的叮咬都有可能令人染上致命的疾病。

那天傍晚，她跟着女人们出了村，大家脱去简陋的兽皮与麻布衣服，嬉笑着跳进清凉的河水里，从古铜色的皮肤上搓下一层层泥卷。夏荻一个人坐在细软的泥滩上，河水时涨时落、时清时浊，一遍遍舔着她的双脚。

她随手抓了一把黄泥在手里揉搓着，不知不觉间竟捏成一个小人的模样，许多古老的传说随着脚下的潮水一起涌上来。她愣在那里，耳边突然传来一声女人的惊叫。

一个女人倒在河边，捂着略微隆起的腹部高声尖叫起来，那声音像是某种信号，将河里洗浴的其他女人都吸引过去。她们把那女人抬到岸边，在四周围成一个圈，像是某种神秘的仪式。夕阳落在那些赤裸健壮的身体上，映出一层暗金色的反光，如同最浓重的油彩在流淌。一个女人轻声哼起一段不知名的旋律，很快，其他声音也加入进来。那是一种极其古朴却又富丽的和声，像河水蜿蜒，时而激昂时而静默。每一颗水滴都有自己的舞蹈，却又如此和谐地汇聚在一起。女人的尖叫和呻吟在歌声中时断时续，突然间高亢起来，像是最洪亮的号角。

河滩上一群水鸟哗啦啦地飞走了。

一个女人走出来，怀里抱着一个瘦弱的婴儿，小家伙不哭不闹，只轻轻划动芦秆般的胳膊腿。她欣喜地把孩子抱给夏荻看，用古朴的音节和手势告诉她，这个孩子是在她到来的这天出生的，她们希望她能给他起一个名字。

夏荻抱过孩子，凝视着那双大大的黑色眼睛。从这一刻开始，一段漫长而艰苦的人生将在这孩子面前展开。他会被当作不祥之物丢弃，被野兽收养，再被其他部落的人捡到，从一个地方到另一个地方。陪他一起玩耍的孩子长成男人和女人，狩猎、战斗、繁衍生息，然后衰老死去，他却依然瘦弱，瘦弱而顽强。时间与空间在他面前设下无数谜题，而他只有靠自己那一双脚板，一步一步向前，没有终点。

永生者的悲哀在于永远无法超越自己所在的时代，他们像普通人一样生活，经历战争和平安喜乐，经历生老病死、悲欢离合，一点一滴地搜集人类共同的记忆，来为自己过于冗长而散乱的身世增加无数注释。在文字和语言还不够发达的年代里，他们搜集每一件可以印证往昔的物品，像一个健忘症患者给身边每一件东西贴上标签。有些人会尝试记录，用龟甲、竹简、木板、丝帛或纸张，几十年甚至几百年如一日，然而最终他们会厌倦，将这些东西付之一炬，去一个别人找不到的地方隐居，忘记世间纷扰，忘记时光流逝，直到某一天，因为忍受不了离群索居而再度回到人群中。

他们是寂寞的，当两个永生者偶尔相遇时，他们或许会欣喜若狂，会连续几天不眠不休地讲述各自的经历，会相约结伴遨游江湖。然而，时间毕竟太过漫长了，他们最终会厌倦彼此，平静地微笑道别，在人海茫茫中各奔东西。

奇怪的是，作为一个行者，她却可以明白这一切。在无穷无尽的岁月长河中，她和怀中这个孩子彼此关注，相互记忆，相互从对方的存在中印证自己的存在，即使是两个如此迥异的存在。

原来行者和永生者之间，竟真的有这样一条奇妙的纽带。

孩子仍在她怀里静静地躺着，睁着大大的眼睛，像要把看到的一切都变成记忆，收纳在自己幼小而深邃的胸膛里。夏荻将手中那个粗陋的泥人放进他怀里，抬起头看着那些女人，伸手指向远方的青山：

"山。"她缓慢而清晰地说，"我给他起名为山。"

女人们抱过孩子，一个接一个传下去，摇晃着，逗弄着，发出欣喜的低笑。夏荻转过身，沿着河岸向上游走去，她很累，双脚沉重地陷入湿软的泥沙里，然而她还是打起精神开始奔跑。夕阳从河上落下去的那一瞬间，她跳起来，向着有生以来最漫长、最恢宏的一段旅程进发。

爱别离

这是一颗孤单、寂寥、炎热的星球，星球上最后一个人坐在房间里，外面突然传来敲门声。

他点了一下头，门就开了，仿佛整座房子都遵循他的意志而动一样。夏荻走进来，随意地裹着一块质地奇怪的布料，却没穿鞋，赤脚踩在柔软的地板上悄无声息。

"这里真热。"她说，"真的是世界末日吗？"

"差不多吧。"姜烈山用她熟悉的语言回答道，"地球上只剩我们两个人了。"

他们彼此打量对方，漫长岁月在姜烈山的脸上刻下了更多的痕迹，然而他依旧很年轻。永生者并不是真的永远不死，只是衰老速度比人类历史的消亡还要慢很多。

　　"他们去了哪里？"夏荻问，"地球上的人。"

　　"死亡，迁徙，流浪，向其他星系移民，或者尝试时间旅行，总而言之，离开此时此地。"姜烈山回答，"太阳还在膨胀，用不了很久，地球将会变成一团炽热的气体。"

　　"幸亏我这次没有跳过头。"夏荻吐了吐舌头，"那么，一切都结束了？"

　　"算结束，也算新的开始。"姜烈山说，"永生者们会带领人类去太空中寻找新的家园。几千万年以来，这是我们第一次从人群中走出来，跟其他人站在一起。毕竟，没有人类，我们活得再久也没什么意思。"

　　"很伟大。"夏荻有些酸溜溜地说。出于对未知的恐惧，很少有行者敢于向未来做大幅度跳跃，即使真的到达这一刻，也只能默然折返。问题在于，行者无法在漫长的星际旅途中永生，也无法从太空中跃回地球；永生者却可以搭乘宇宙飞船陪伴人类继续向前——持续千万年的战争就这样分出了胜负。

　　"那么，你在这里干什么？"夏荻问。

　　"我在这里等你。"

　　"等我？"

　　"这是我们的约定。"姜烈山回答，"某时，某刻，我的过去你的未来，你总批评我记性不好，但这个约定我没有忘。"

"等一下。"夏荻一手扶住脑袋，"你是说，在离开这里之后，我在其他时空中跟你做过约定？"

"是的。"

"约定你在这里等我？"

"是的。我一个人在这里等你，已经有好几百年了。"

"你一个人等了几百年？"夏荻愣愣地站在那里，"为什么？"

"现在我不能说。"姜烈山微笑着回答，"相信我，你总有一天会知道的。"

过去，未来，仿佛所有问题和答案都统统搅在了一起，在这颗濒死的星球上，在一切尚未结束的这一刻。夏荻绕着屋子转了一个又一个圈，许久，她停下脚步，盯着姜烈山黑色的眼睛问道："现在你见到我了，然后呢？"

"然后我要走了。"姜烈山说。

"去哪里？"

"乘最后一班飞船飞向太空，追赶我的同伴。"他说，"这是我的使命。"

"不会吧，你等我，就是为了把我一个人扔在这里？"夏荻跳起来。姜烈山双手按住她的肩膀，低头一字一句地轻声说道："是为了道别。"

"我不要什么道别！"夏荻倔强地扬起下巴打断他，两颗大大的泪珠突然从她的眼睛里涌出来——旋转了很久，硬是没有落下。

"是啊，你总是喜欢不告而别。"姜烈山的声音依旧轻柔，带着一丝哑暗的笑意，"不要忘记，时间对你是开放的。在过去的每一个时代里，你都可以找到我，但从今以后，我却再也见不到你了。"

"那你为什么不留下来？"夏荻说，"地球不会马上毁灭，我会经常来看你。"

"太危险了，你会跳过头，跳进烧熔的火球里去。"姜烈山说，"而且我也不能再等了，记住，这是我们在这颗星球上的最后道别，以后不要再来了。"

他俯下身抱住她柔弱的腰肢，手臂温暖而有力。夏荻像一尊木头似的立在那里，一动不动。姜烈山在她耳边轻声说："你不抱我一下吗？"

夏荻依旧呆呆地立着，许久她嘶哑着嗓子说："现在呢？现在算什么？我不懂。"

"现在就是现在。"姜烈山说着，在她额头上轻吻一下，"我们都不要忘了现在。"

"我不会忘。"夏荻咬着牙狠狠地说。

"我也不会忘。"姜烈山微笑着退后一步，他脚下的地板开始向上升起，四周的墙壁也自动收缩组装，改变形态和结构，最后一扇门缓缓关上，姜烈山的声音隐隐约约地飘出来：

"再见了，阿夏。"

夏荻愣了一下冲上去，但是门已经合拢了，她拍打着门板，大声喊道："什么意思？谁允许你这么叫我？"

没有人回答，飞船在她面前缓缓升起，一阵火焰和轰鸣后，便迅速消失在蓝紫色的天空中，只留她一个人站在这颗炎热、寂寥、濒临死亡的星球上。

"姜烈山！"

她仰头向着天空中用尽全力大喊一声，高亢的音波在空气中震颤着四下散开，转眼之间，她也消失了，带着满腔怒气跃向过去，去找寻答案。

求不得

依旧是2002年，喧嚣的夏夜，夏荻从一家阳台上跳下来，开始一刻不停息的奔跑。

她跑过每一条熟悉的街道，跑过每一段漆黑的城墙，跑过每一个高耸的城门，跑过每一间明亮的店铺。两旁行人为她让出道路，奇怪地看着这个气喘吁吁的年轻姑娘。她的衣服明显大了好几个尺码，脚上没有穿鞋，她的头发长了许多，还没来得及修剪，乱蓬蓬地在夜色里飘摇。

无论如何，她要找的人不会凭空消失，姜烈山一定还在这城市里，此刻在，下一刻在，将来也在，只要时间足够，她总能找到他。

天空中突然亮起各色烟花，艳红、惨绿、银白、亮紫，绚烂而迷乱。人们惊喜地仰头张望，四面八方都被堵塞了。夏荻不得不停下来，扶着膝盖大口大口喘气。

就在这时候，她看见地上有两行浅浅的、湿漉漉的脚印。

黑色的头发，黑色的眼睛，年轻的脸上有一些浅浅的皱纹，将嘴角向下拉，或许那只是漫长岁月里积累下的寂寞，凝成一丝若有若无的笑。

姜烈山的脸上有一丝淡淡的惊诧，他见过太多事情，但这个女孩却让他摸不透。她突然消失，又突然出现，像夏夜的流萤那样闪烁不停。

"你从哪里来？"他问。

"世界末日。"她说，"那里热得要死。"

"你去那里干什么？"

"不要你管。"夏荻急匆匆地跺跺脚，"姜烈山，我有话跟你说。"

"说吧。"

她张了张嘴，却不知从何说起。时间线交错又汇聚，形成一个又一个窄窄的圆。对面的男人耐心等待着，黑眼睛沉静如水。许久之后，她才小声说："过去的事有些是我不对，有些是你不对，可是我们也扯平了，从今以后一笔勾销，行不行？"

"过去？哪一段过去？"姜烈山淡淡地说，"我真不记得了。"

"你什么记性啊！"夏荻真的急了，"忘了就算了，我走了，再见！"

她刚转身要跑，姜烈山在身后慢悠悠地说："但我也记得一些事情。"

"什么事？"夏荻并不回头。

"你曾经说过，我的时间太长，你的时间太短，所以你不能长久在我身边，你怕有一天你死了，我还活着，永远地活下去，最终把你忘记，忘记比死亡还要可怕。你还说，你要继续在时间中跳跃，每一个时代你都能看到我，而我在生命中的每一段岁月中也总能看到你。"

"我说过这样的话？"

"那么，也许是未来的你在过去某一时刻对我说过的。"姜烈山回答，"以前我不明白，直到这一刻，我才终于明白一点了。"

"这话……居然是我说的……"夏荻呆呆地站在那里，"你怎么不早告诉我。"

"你也从来不肯告诉我未来的事。"

他们两个站在那里对视着，五彩烟花在头顶爆裂、绽开，纷纷扰扰地落下，欢呼声此起彼伏，如同潮水。

"我们认识多久了？"许久后夏荻问。

"不记得了，你说呢？"

"按我的时间，十几年；按你的时间，六千多年了。"

"可是每次见面都那么短。"姜烈山笑一笑，"相比之下，这六千多年真像一场梦。"

"听着。"夏荻说，"你还有的是时间，我也有很多时间，从这一刻开始，我们做朋友好不好？"

"好啊。"姜烈山说，"可你还没告诉过我你的名字。"

"夏荻。"她回答，"荻花的荻。"

"夏荻。"他重复一遍，"很像你。"

漫长的岁月里，他们相伴相随，邂逅，重逢，分别，寻觅，她用各种名字称呼他，姜烈山，小山，老农，阿炎，而他叫她阿夏。

关于作者和作品：

《永夏之梦》获2008年"银河奖"，作者夏笳是科幻"后新生代"代表作家、奇幻作家，迄今已发表科幻作品《关妖精的瓶子》《卡门》《夜莺》，奇幻作品《逆旅》等多篇小说。《永夏之梦》讲述了一个永生者姜烈山和一个时空旅行者阿夏，在不同年代、不同地点一次又一次邂逅重逢，上演一段又一段故事，永远没有一个尽头。作品构思巧妙，让人读后留下深刻印象。历史上，炎帝是上古时代姜姓部落首领，号烈山氏或厉山氏，又有传说是神农氏的子孙。故事中的永生者姜烈山在不同时代采用不同的化名，而夏荻对他的昵称都从这些化名而来。阿夏的意思则是永世的恋人。

地球历险记

[英] 阿瑟·克拉克

考察飞船

飞碟穿云破雾，急驶直下，在离地面约五十英尺的地方猛然刹住，伴随一阵剧烈的碰撞声，飞碟降落在一块杂草丛生的荒地上。

"这次降落真卑劣！"船长吉克斯普特尔说道。显然他的用词并不确切，他说话的声音，在人类听起来，就像只生气的母鸡在咯咯叫。驾驶员克尔特克勒格把他的三只触手从控制盘上挪开，把四条腿伸了伸，舒适地放松了一下。

"这不是我的错，自动控制装置又出故障了，"驾驶员喃喃抱怨着说，"可是你对这条五千年以前拼凑起来的飞船，又能有多大指望呢？要是这该死的东西是在基地的话……"

"行了！我们总算没摔成碎片，这比我预料的要好得多。让克利斯梯尔和当斯特到这儿来吧，我要在他们出发前跟他们说几句话。"

克利斯梯尔和当斯特显然同其他船员不一样。他们只有一双手和两只脚，脑袋后面也没有长眼睛，还有一些他们的伙伴极力回避的生理缺陷。然而正是这些缺陷，才使他们被挑选出来执行这一特殊任务。这样，他们用不着怎么化装，就能像人类一样顺利地通过各种盘查。

"你们完全了解自己的使命吗？"船长问。

"当然了解，"克利斯梯尔有点生气地说道，"我跟原始人打交道又不是第一次，要知道我在人类学方面所受的训练……"

"好。那么语言呢？"

"那是当斯特的事。不过我现在也能说得相当流利了。这是一种非常简单的语言，何况我们研究他们的广播节目已有两年多了。"

"你们在出发前还有什么问题吗？"

"嗯——只有一件事，"克利斯梯尔犹豫了一下，"从他们广播的内容来看，很明显，他们的社会制度是很原始的，而且到处是犯罪和违法现象。有钱人不得不使用一种叫作'侦探'或'保镖'的人来保护他们的生命财产。当然我们知道这是违反规定的，但是我们不知道是否……"

"什么？"

"是这样，如果我们能随身带两只'马克Ⅲ号'分裂器，就会感到更安全了。"

　　"这样对你们并不安全！如果大本营听到这话，我会受到军法制裁的。如果你们伤害了当地的居民，那'星际政治局''土著居民保护局'，还有其他几个有关机构就会缠住我不放了。"

　　"如果我们被杀了，不也一样很麻烦吗？"克利斯梯尔显然有些激动，"不管怎么说，你要对我们的安全负责。别忘了我给你讲的那个广播剧，剧中描写了一个典型的家族，在开演不到半小时，就出现了两名杀人犯！"

　　"嗯……好吧。不过只能给你们'马克Ⅱ号'……希望你们在遇到麻烦时不要造成太大的破坏。"

　　"谢谢，这样我们就放心了。我会像你要求的那样，每三十分钟向你报告一次，我们离开你不会超过两小时的。"

　　吉克斯普特尔船长目送他们俩消失在山顶后，深深地叹了一口气。

　　"我真不知道为什么，"他说道，"为什么一船人非选他们俩不可？"

　　"毫无办法，"驾驶员回答说，"这些原始人碰到怪事会受惊吓的。如果他们看到我们来了，就会恐慌，到那时，当炸弹扔到我们头上来时，我们还不知怎么回事哩。所以，对这事你不能急躁。"

　　吉克斯普特尔漫不经心地把自己的触手弯成一个六条

腿的支架，他在忧虑时总爱这么做。"当然，"他说，"如果他们回不来，我仍然可以回去，然后报告说这个地方太危险。"他眼睛忽然一亮，接着说："对，这样还可以省不少麻烦。"

"那我们这几个月对地球的研究就白干了？"驾驶员挖苦地说。

"这不算白干。"船长回答说，"我们的报告对下一批考察船会有用处的，我建议等过——对，等过五千年以后再来一次。那时，这鬼地方可能会变文明了。虽然，坦率地说，我并不相信这一点。"

天外来客

山姆·霍金斯波斯姆正准备吃他那配有奶酪和苹果酒的美餐，忽然看到有两个人影沿着小巷向他走来。他用手背擦了擦嘴，把酒瓶小心地放在像篱笆一样整齐的工具旁边，用略带惊骇的眼光凝视着他们。

"早上好！"他口含奶酪，微笑着向他们打招呼。

陌生人停下来。其中一个在偷偷地翻一本小书。这本小书收集了一些常用短语和套话，例如"在播送天气预报以前，先播送一项大风警报。""不许动，把手举起来！""向所有的汽车喊话！"等，但当斯特不需要这本书帮助自己的记忆，他立刻走上前去答话。

"早上好，伙计！"他操着BBC（英国广播公司）播音员的口音说，"你能把我们带到离这儿最近的村庄、城镇，或类似的公民集居的地方去吗？"

　　"什么？"山姆一边说，一边怀疑地对两个陌生人瞟了一眼。他发现他们的衣着有些奇特。他隐约地意识到，这个答话的人没穿一般人常穿的翻领衬衫和时兴的细条纹外衣，而那个一直沉迷在书里的家伙实际上穿的是晚礼服，除了一条发亮的红领带、一双土气的靴子和一顶布帽子之外，简直可以说完美无瑕。在衣着方面，克利斯梯尔和当斯特已尽了他们最大的努力。他们看的电视剧太多了！在没有任何其他资料的情况下，凭电视剧来缝制的服装虽然可笑，但至少不会让人产生怀疑。

　　山姆一边用手搔头，一边暗自猜想：是皮货商吗？可城里人也不会这么打扮呀！

　　他用手指指路，以一种BBC对西部地区广播的浑厚口音告诉他们应去的方向。这种口音只有西部地区居民才能听懂，其他地区的人恐怕连三分之一也难以明白。

　　克利斯梯尔和当斯特——这两个来自遥远行星的天外来客，面对这种情况简直一筹莫展。他们彬彬有礼地退了回去，极力想弄清楚一个大概意思，同时开始怀疑自己的英语是否像他们想象的那么好。

　　人类和天外来客的第一次史无前例的会见，就这样匆匆结束了。

“我看哪，”当斯特若有所思，但又不大有把握地说道，“是他不愿意帮忙吧。这倒也省了我们不少麻烦。”

“我看不像。从他的衣着和所干的活计来看，他不会是个有知识的或者说有价值的人。我怀疑他是否明白我们是谁。”

“嘿，又来了一个！”当斯特嚷道，用手指了指前面。

“小心点儿，动作别太猛，会惊动他的。我们自然而然地走过去吧，让他先讲话。”

前面那人大踏步地走过来了，好像一点也没有注意到他们。可是当他们还未明白是怎么回事，那人又忽然向远处跑去。

“怎么啦？”当斯特问道。

“没什么，”克利斯梯尔像哲学家似的回答，“也许他也没有什么用处。”

“别自我安慰了。”

他们生气地盯着菲西蒙斯教授离去的背影。只见他身穿老式旅行装，一边走一边聚精会神地读着一本《原子理论》，逐渐消失在小巷之中。克利斯梯尔开始觉得不安，跟人类打交道真不像他以前想象的那么简单。

小米尔顿是一个典型的英国村庄，半隐半现地坐落在一个笼罩着神秘色彩的小山脚下。夏天的早晨，路上行人很少。男人们都干活去了，村妇们在她们的男人离家之后，正在整理家务。克利斯梯尔和当斯特一直走到村子中央，才遇到一个送完邮件骑自行车回来的邮递员。

邮递员满面怨气，因为他不得不多走两英里多路，送一封一便士的明信片到道格逊农庄去，而且甘那·依万斯这个星期给他妈妈寄回的换洗衣服比平常要重得多，里面还夹了他从厨房里偷来的四听牛肉罐头。

"劳驾……"当斯特有礼貌地说。

"我没工夫，"邮递员根本就没有心思应酬这一偶然的问话，"我还得再跑一趟哩！"说完他就走了。

"真叫人无法容忍！"当斯特嚷道，"难道他们都是这样吗？"

"你还得耐心点儿。"克利斯梯尔说，"别忘了，他们的习惯同我们的大不一样。要取得他们的信任还得需要时间。以前，我同原始人打交道时也遇到过这种麻烦。作为一个人类学家，一定要习惯这点。"

"那么，"当斯特说，"我建议咱们到他们家里去，这样他们该没法逃走了吧。"

"好吧。"克利斯梯尔半信半疑。

难以沟通

老寡妇汤姆金丝的住宅谁也不会弄错，即使最没经验的探险家也不会弄错。这位老太太看到有两位绅士站在她家门口，显得非常激动。至于两个人的衣饰的奇特之处，她丝毫也没有注意。她正在想那笔意料之外的遗产和新闻记者对她一百周岁生日（她实际只有九十五岁，但她隐瞒了这一点）的采访。她拿起一直挂在门边的石板，愉快地走向前去，同她的客人打招呼。

"你们要说什么都写下来吧，"她手拿石板痴笑着说，"这二十年来我一直耳聋。"

克利斯梯尔和当斯特沮丧地面面相觑，这真是一个预料不到的障碍，毕竟他们唯一见过的文字就是电视节目里出现过的通知，而且他们至今也未完全弄懂它的意思。但是，有着像照相机一样记忆力的当斯特，这时随机应变，趋步向前，笨拙地拿起粉笔，在石板上写了一句他自认为一定适合这种场合的句子。

汤姆金丝太太无限困惑地凝视着石板上的符号，花了好一会儿工夫，才猜出那是些什么字（当斯特把好几个地方都写错了）。可是，面对着这一句莫名其妙的话，她仍然搞不懂是什么意思。这句话是：

"通话将尽快恢复。"

当斯特已经尽了最大的努力，可是这位老太太一直不明白这是什么意思。于是他们又到另外一家去试。这次运气好一点。出来开门的是一位年轻妇女，说起话来满脸堆笑。可是过了不一会儿，她就翻脸了，"砰"的一声关上了门。门内传出歇斯底里的笑声。这时，克利斯梯尔和当斯特心情沉重，开始怀疑他们伪装成普通人的本领并不像他们想象的那么高。

在第三家门口，他们遇到了非常健谈的史密斯夫人。她说话像连珠炮似的，每分钟一百二十个字。可是她的口音却像山姆一样，根本听不懂。当斯特好不容易找机会道了声歉，然后又继续向前走去。

"这些人说的话难道跟他们广播里讲的话不一样吗！"当斯特叹道，"他们要是都这么说话，那怎么能听得懂自己的节目呢？"

"莫非是我们把着陆地点搞错了？"克利斯梯尔说。他这个一贯自信和乐观的人，也开始动摇。他们为自己的错误感到沮丧和难过。

在第六次，也许是第七次试探中，他们见到的不再是家庭妇女。门开了，一个瘦削的青年走出来，湿润的手上拿着一样东西，使这两位来客大为着迷。这是一本杂志，封面是一枚巨大的火箭，正从一个布满弹坑的行星上飞起。不管这是什么行星，反正不是地球。画面深处印着"科幻惊险小说"和"售价：二十五美分"。

克利斯梯尔看了看当斯特。他们交换了一下眼色，说明他们一致认为：他们终于在这里找到了能够理解自己的人。当斯特兴奋极了，于是走上前去，跟那个青年讲话。

"我想你一定能帮我们，"他彬彬有礼地说，"我们发现要使这里的人理解我们非常困难。我们刚从太空来到这个行星上，很想同你们的政府取得联系。"

"呵！"吉米·威廉斯说，他还没有从土星外部空间的探险中完全恢复过来。"你们的飞船在哪儿？"

"在山里边，我们不愿意惊动你们。"

"是火箭吗？"

"啊，天哪！那东西早在几千年前就被淘汰了。"

"那么它是怎样飞行的呢？用原子能吗？"

"我想是的，"当斯特说，他的物理学不怎么好，"还有其他动力吗？"

"别扯远了，"克利斯梯尔有点不耐烦地说道，"问问他，看他知不知道在哪儿能找到他们的官员。"

当斯特还未来得及开口，只听一个尖厉的声音从房内传来。

"吉米，谁在那儿？"

"两个……"吉米有点怀疑地说，"起码，他们看起来像是人，他们是从火星上来的。我不是常说，这种事会发生的。"

随着一阵沉重的声音，一个体壮如牛的女人满脸凶气地从黑暗中走了出来。她用一种嫌恶的目光瞪着这两个不速之客，又看了看吉米手里的杂志，然后说："真不知羞耻！"说着她打量了一下克利斯梯尔和当斯特，"我们家养了这么个没用的孩子，简直糟透了。他整天浪费时间，读这些乱七八糟的东西，这都是没有人管教的后果呀！你们是从火星上来的吗？我看你们是从那些飞碟上来的吧！"

"我从来就没有说我们是火星上来的呀！"当斯特无力地申辩道。

"砰"的一声，门关了，屋里传出了激烈的争吵声，然后是撕书的声音和一阵恸哭声。

"好了，"当斯特终于说道，"下一步该怎么办？他为什么说我们是从火星上来的呢？如果我没记错的话，火星是离我们很远的星球啊！"

"我也不知道，"克利斯梯尔说，"但是我想他们会很自然地想到我们是从邻近的星球上来的。要是他们知道事情的真相，会大吃一惊。火星，哼！从我看到的报告来看，那儿比这里更糟。"很明显，他的科学超然态度已开始动摇了。

"咱们离开这些屋子吧！"当斯特说道，"外边会有更多的人的。"

他们的判断完全正确。还没走多远，他们就发现自己被一群孩子团团围住。这些小男孩说话也是那么粗俗和令人费解。

"我们要不要送点礼物哄哄他们？"

"好，你带礼物了吗？"

"没有，我还以为你……"

当斯特话还没说完，这几个小家伙已经一溜烟似的跑到旁边一条街上去了。

这时，从街上走来一个身穿蓝色制服、仪表威严的人。

警察

克利斯梯尔睁大了眼睛。

"是警察！"他说道，"大概是去调查一件凶杀案的吧。也许他会跟我们说上两句。"他半信半疑地补充道。

亨克斯惊奇地看着这两个陌生人，极力不让自己的感情流露出来。

"你好，先生们！你们在这儿找什么东西吧？"

"是的，正是这样。"当斯特用最友好、最讨人喜欢的语调回答道，"也许你能帮我们的忙吧。事情是这样的，我们刚降落在这个星球上，想和你们的有关当局取得联系。"

"什么？"亨克斯大吃一惊，愣住了。但不一会儿，他又恢复了平静，因为亨克斯毕竟是一个聪明的青年，他并不打算一辈子在这里当乡村警察。"那么，你们是刚着陆的，是吗？是坐太空船来的吧？"

"是的。"当斯特大大地松了一口气。这警察既不怀疑，也不发火，这要是在其他原始星球上，听到这种话肯定会激动的。

"好，好！"亨克斯用一种他希望能得到对方信任和好感的腔调说，"你们需要什么就尽管说好了，我会尽力帮忙的。"

"你真好，"当斯特说，"我们选择这么一块偏僻的地方着陆，因为我们不愿意制造恐慌。在跟你们的政府取得联系之前，知道我们的人越少越好。"

"我完全明白，"亨克斯回答道，一边急躁地四处看了看，想找个人帮忙给警长传个信儿。"那你们到这儿来是打算干什么呢？"

"在这里谈论我们对地球的长远规划恐怕不合适。"当斯特怀有戒心地说道，"我能说的只是宇宙的这一部分应当得到调查和开发。我们一定能在很多方面帮助你们。"

"那真是太感谢你们了，"亨克斯会心地说道，"我看最好的办法是请你们跟我到派出所去一趟，在那儿我们可以给总理打个电话。"

"非常感谢。"当斯特怀着感激的心情说道。他们信任地跟亨克斯并排走着，尽管他有点想故意走在他们后边。就这样，他们来到了村派出所。

"这边走，先生。"亨克斯说，一边有礼貌地把他们领进一间陈设简陋、照明很差的房间。这间房简直是最原始的房间。他们还未来得及看完周围的环境，只听"咔"的一声，一扇铁栅栏门就把他们同向导隔开了。

"别着急！"亨克斯说道，"一切都会顺利的，我一会儿就回来。"

克利斯梯尔和当斯特用惊奇的目光互相打量了对方一下，很快地得出了一个可怕的结论。

"我们被关起来了！"

"这是一座监狱！"

"现在该怎么办？"

"我真不知道你们这些家伙懂不懂英语。"黑暗里传出了一个怠倦的声音，"你们倒是让我睡个安稳觉呀！"

这两个囚徒这才意识到他们并不孤独，在这地窖的墙角里有一张床，床上躺着一个衣着不整的青年，略带迷惑，不满地注视着他们。

"天哪！"当斯特嚷道，"你看他是个危险的罪犯吗？"

"暂时看起来不像很危险。"克利斯梯尔审慎地说道。

"喂！你们怎么也进来了？"青年问道，摇晃着身子坐了起来，"看来你们是刚参加完化装舞会吧。哟，我这该死的头！"他难受地朝前俯伏下去。

"化了装就得像这样被关起来吗？"善良的当斯特问道，然后继续说，"我真不知道我们怎么会到这儿来的，我们只是告诉了警察我们是从哪儿来的，这就是全部经过。"

"那么，你们是谁？"

"我们刚刚降落——"

"喂，没有必要再重复了，"克利斯梯尔打断他的话，"没有人会相信的。"

"嘿！"青年人再次坐了起来，"你们在用什么语言对话？我才疏学浅，从未听过你们这种语言。"

"我看，"克利斯梯尔对当斯特说道，"你应该告诉他，反正在警察回来之前，咱们啥也干不成。"

这时，亨克斯正在电话中同当地疯人院院长认真地交谈着。院长一再坚持他的病人一个也没有少，然而还是答应再检查一遍，待有了结果就给他回电话。

亨克斯怀疑是否有人在故意跟他开玩笑，放下听筒后，便悄悄地走向地窖。看起来这三个犯人正在友好地交谈着，他便踮起脚走开了。应该让他们冷静一下，这样对他们有好处。他轻轻揉了揉眼睛，脑子里还萦绕着他清晨时抓格拉哈姆进监狱时的那场搏斗。

这位年轻人现在已经清醒过来了，他对昨天能参加庆祝活动并不感到后悔。可是，当他听到当斯特讲的故事并期望得到他的回答时，又开始担心自己是否还未完全清醒。

格拉哈姆想，在这种情况下，最好的办法还是在幻觉消失以前就把这事尽量当成真的。

"如果你们真在山里有飞船，"他说道，"那你们肯定可以跟同伴取得联系，并让他们派人来救你们。"

"我们想自己解决，"克利斯梯尔不卑不亢地说，"另外，你还不了解我们的船长。"

格拉哈姆想，看来他们相当自信啊。这整个故事凑在一起也很合理，可是……

"你们能建造星际飞船，可是连一座乡村派出所的监狱也出不去，真叫人有点不敢相信。"

当斯特看了看拖着沉重脚步的克利斯梯尔。

越狱

"要逃出去真是太容易了，"克利斯梯尔说道，"但是不到万不得已，我们是不会轻易使用暴力手段的。你不了解这会引起什么麻烦，也不了解我们将填写一种什么报表。此外，如果我们逃走了，你们的追捕队恐怕会在我们到达飞船以前就抓住我们的。"

"起码在小米尔顿是抓不着的，"格拉哈姆咧开嘴笑着说，"如果我们能设法穿过'白鹿'，他们就更抓不着了，我的汽车就在那儿停着。"

"啊，是这样呀。"当斯特说道，他的精神又重新振作起来。他转过身去和他的同伴激动地交谈了几句，然后谨慎地从内衣口袋里掏出一个黑色的小钢瓶。他小心翼翼地摆弄着它，就像少女第一次拿着一支上了膛的火枪一样。克利斯梯尔很快退到地窖的墙角里。

就在这时，格拉哈姆忽然肯定地觉得自己非常清醒，确信刚才听到的故事完全是真的。

没有忙乱，没有电火花或五颜六色的射线，一段三英尺见方的墙壁静悄悄地熔化了，崩溃成一堆锥形的小沙堆。阳光射进了阴暗的地窖，当斯特松了一口气，把他那神秘的武器收了起来。

"好了，过来吧，"他对格拉哈姆说道，"我们等你呐。"

没有人追他们，因为亨克斯还在电话中争吵不休。当几分钟以后他回到地窖时，一定会发现他职业生涯中最叫人惊奇的事发生了。而当格拉哈姆重新在"白鹿"出现时，也没有人感到奇怪。他们都知道昨天晚上他到哪儿去了，并希望在开庭审判时法官会宽恕他。

克利斯梯尔和当斯特极为不安地爬进一辆"班特力"牌小轿车的后座里。这辆汽车样子奇特，显得很不平稳，可是格拉哈姆亲切地称它为"玫瑰"。幸而放在一个生了锈的铁罩子下面的发动机是好的，很快，他们以每小时五十英里的速度吼叫着驶出了小米尔顿。

这简直是一种慢得惊人的相对速度，因为近几年来，克利斯梯尔和当斯特一直是以每秒钟几百万英里的速度遨游太空，然而，现在他们却感到从未有过的害怕。克利斯梯尔稍微恢复正常后，便掏出袖珍报话机向飞船喊话。

"我们正在返回途中，"他在狂风中嚷道，"我们找到了一个非常有知识的人，他现在正跟我们在一起，我们大概……呜……对不起，刚才我们正穿过一座桥……十分钟以后就到。什么？不，当然不是，我们一点儿麻烦也未遇到，一切都很顺利。再见。"

格拉哈姆回过头瞅了一眼他的乘客，这一瞅使他感到很不安。外星人的耳朵和头发粘得不够牢，已经被风吹掉了，他们的真面目显露出来。格拉哈姆开始不安地怀疑，这两人似乎连鼻子也没有。唉，没什么，习惯成自然，时间长了什么都会习惯的，今后他还有足够的时间同他们打交道。

以后的事就算不说，你们也会知道，可是这个关于第一次着陆地球的故事，以前还从未记载过。就是在那种特殊的条件下，格拉哈姆成了人类奔赴浩瀚宇宙的第一位代表。我们这些材料，都是当我们在天外事务部工作时，经过克利斯梯尔和当斯特的允许，从他们的报告中摘录出来的。

很明显，由于克利斯梯尔和当斯特在地球上获得的成功，他们被上司挑选去拜访我们神秘的邻居——火星人。同样，毫无疑问，克利斯梯尔和当斯特鉴于上次的经历，他们登船出发时，是那样的勉强。而从那以后，我们再也没有听到过他们的消息。

（宇光　译）

关于作者和作品：

《地球历险记》的作者是英国科幻作家阿瑟·克拉克，他与阿西莫夫、海因莱因一起并称为"20世纪科幻三巨头"。阿瑟·克拉克一生创作了百余部作品，多次获得"雨果奖""星云奖""轨迹奖"等科幻界的至高奖项。《地球历险记》讲述了两个外星人第一次来到地球后的种种遭遇，先是穿着奇怪、语言不通，然后又受到地球人的怀疑而被关进了监狱，让人在阅读的过程中不时地会心一笑。这些内容也许是没有科学根据的幻想，但是作者所描写的地球上的各种情况以及地球上的人们对外星人的看法却是现实的缩影，清楚地反映了这位科学家出身的科幻作家的立场和观点。

克隆之城

潘海天

学校

那一年的沙漠热风来得很晚，到处流窜的盗匪迟迟才退回他们的老巢。无花果树开始结果的时候，学校里送来了一批男孩和女孩。

我忘不了第一次和珍妮相见的日子，她站在木棚屋后的空地上，金发像阳光般灿烂。

我还记得她回去的时候不安地向外张望着，说："周先生要点名了，我这就得走。"

我不高兴地看着沙地，一个豹Ⅱ玩具兵团刚刚摆出作战队形。我说："用不着理他，周夫子就是爱多管闲事。"

珍妮吃惊地望着我："他没有用电鞭打过你吗？"

"他敢！"我得意地哼了一声。

"反正我得走了，吉姆，明天我再来。"

我趴在木栅栏上，看着她纤细的身影灵活地绕过高耸的仙人掌丛，溜过铁篱笆的破洞。很快她就会回到操场上那群穿着粗蓝布制服的小女孩中去，难以分辨谁是谁了。

操场的另一边是一片排列整齐的灰色住房，一直绵延到远处隐隐约约的铁丝网下。它们围成了一个个的小操场，一个操场就是一所学校。

下午太阳下山前的两个小时里，总有一群叽叽喳喳的小女孩在铁篱笆后面那尘土飞扬的操场上喧闹游戏；而更远处是一群男孩在排队等候淋浴，他们都是清一色的漂亮小伙子，金发白肤，总是温顺地笑着。

太阳城里用水紧张，四周是一片茫茫沙海。周先生对我说过，几乎没有逃跑者找到过通往科鲁斯死海的路，更何况到处是手持长枪、带着猛犬的豹Ⅱ战士。

周先生是个学问很高深的人，也很严厉。当他身着黑色长袍走近男孩和女孩时，他们都会马上安静下来，局促不安地站立到一旁。

那时我还小，不明白为什么自己是个例外。我不怕他，并且总爱把这点在他面前得意扬扬地显露出来。也许珍妮也是个例外，她的眼睛里有一种让我吃惊的东西。她那瘦小的身躯上经常带着电鞭击伤的青痕，却在人前摆出一副傲然挺立的模样。这也许能说明，为什么其他女孩都规规矩矩地待在操场上，她却会毫无顾忌地偷偷溜到这儿来。

我独自住在一间西班牙式大屋里，它实际上也是一所学校。不过它与那些破败的低矮房子和终日沙土飞扬的操场相比，是迥然不同的两个世界。

　　在木棚工具屋后的小小空地上，我和珍妮共同分享着童年的快乐，无花果树的粗大枝杈是我们藏宝的地方。我们在树下一起观看过钻出云层的雷电、天鹅的回翔，还有面目凶狠的豹Ⅱ战士，他们的飞车上有时会押着一个衣裳破烂、满脸血污的逃亡者。

　　我常常感到珍妮那小小的身躯在颤抖。"吉姆，我真害怕有一天也会被他们抓住，送到永远见不到太阳的地方去。"她的声音里充满了恐惧和忧伤。

　　"如果真有那一天，我就去救你！"我坚定地说。

　　"你和我们不一样。"珍妮有次这样说，还卷起袖子让我看，她洁白光滑的胳膊上有一组青色的数码标记：CL92-ST16。"我们每个人都有，"她肯定地点着头，"就连周先生也有。"

　　对此，我多少有些沮丧，而又有些骄傲。

　　珍妮走后没多久，我也回到那幢大屋中继续学习。我的学习室中贴满了奥古斯先生从小时候直到现在的大幅照片。

　　詹姆斯·奥古斯先生是我的父亲，周先生提起他时总是恭恭敬敬的，我深信他是值得人们如此敬重的人。可是，我从来没有见过他的面，虽然我对他的一切已经很熟悉了。

　　人们在这里竭力重现奥古斯先生小时候的生活环境：古

老的宅院，破旧的喷水池，甚至一个小小的木棚工具屋，都照他的记忆惟妙惟肖地复制出来。根据他的旨意，我得在这里接受熏陶。

我很小就得开始学习一些令人头疼的科目：数学、哲学、生物学、军事、电脑以及绘画，更重要的是我必须学习奥古斯先生的性格、爱好、口音和各种习惯。

"你是你父亲的化身，只有你才能代替他。"周先生总是这么说。他说，二十年后，我，一个新的、更年轻、更强悍的詹姆斯·奥古斯将成为帝国的元首，去完成我父亲未竟的夙愿。

说实话，我对这些雄心壮志不抱多大兴趣，虽然我的功课总是得A，我模仿父亲已到出神入化的地步。我更关心的是珍妮能不能安全地溜出来，躺在无花果树的阴影下，向我述说学校里的趣事。

珍妮有时会带一个怯生生的同伴来，她们就像两滴水一样难以分辨。我们常玩一种游戏，从两个少女中找出珍妮来。我每次都能赢。

"嘿，你是怎么认出我来的？"珍妮惊奇地睁大眼睛。

"看你的眼睛。"我说了实话。珍妮的眼睛又蓝又亮，就像大海一样深邃。

她带来的女伴也叫珍妮，可我管她叫露西娅。对我来说，珍妮只有一个。

我们在翻起的草根下捡到了几个漂亮的贝壳，据说这片沙漠在远古时期是一片汪洋大海。

太可惜了，珍妮从没见过大海。我告诉她，大海像一片广袤的原野，像母亲宽阔的怀抱，它还是一座迷人的宝库，里面蕴藏着无穷无尽的神秘事物。

"海底下有许许多多的城市，那里样样齐备。人们能够呼吸，生活得自由自在……"珍妮接着说了下去，雾气蒙蒙的眼睛里充满了憧憬。

真奇怪，她既然没去过，怎么能知道呢？

父亲的帝国

十四岁生日的那一天，我见到了父亲。他在太阳城最宏伟的建筑物——一个庞大的金字塔式建筑中接见了我。

在门口，我第一次正面看清了豹Ⅱ战士，他们都有一张粗犷的脸，目光凶狠，脖子粗短。他们都戴着令人羡慕的闪闪发光的头盔，提着威力巨大的能量枪，胸前挂着两枚手雷。学校里传说他们的身体中混有豹子的基因，也有人说他们的战斗力抵得上上世纪的一种重型坦克。

我在迷宫般长长的走廊中走了好一会儿，发现周夫子把我带到一间长方形房间中。房间里灯光柔和，厚厚的波斯地毯踩上去就像踩在松软的沙地上一样。

奥古斯先生，我的父亲，无声地走过地毯，向我们迎来，表情严肃地说："啊，这就是那个小家伙吗？"

我看着他，心里有种奇特的感情在流动。他的额头很高，鼻子令人想起鹰隼的长喙。我知道无论我在想什么，他都知道。他的头脑包含了我的大脑。

周夫子悄悄地退了出去。

他俯身望着我，因为离得很近，他的脸显得很大。这张充盈智慧的脸却又透出冷酷、残忍的神情，他的眼角布满皱纹，皮肉松弛。他已经老了。

"你已经长大了，"他说，"从今天开始，你要学习管理克隆帝国的各项事务。我已经老了，而你拥有青春。无数强壮的兵马正在成长，无数强壮的劳力正在成熟。克隆帝国像你一样正在成长。有一天你会拥有全世界。"

他的声音里带着一种梦境般的味道。他走近桌子，桌子上摆着一本金边的厚书。这本书我很熟悉，那是周先生要求我熟读的《理想国》。

"国家的正义在于什么，你还记得吗？"

我回答说："国家的正义在于三种人在国家里各干各的。"

"回答得对，孩子。"父亲笑了笑，"柏拉图的理想国没有实现，可是克隆帝国做到了这一点。统治者、护卫者和下等人，他们和他们的后代都将永生做最适于自己的本职工作，这儿是正义之国。"

他转过身来盯着我说："你要成为我，才能继承我的位置。吉姆，希望你不要辜负我。"

……

当我回到那幢西班牙式大屋的时候，与珍妮的约会已经迟到了。不知不觉中，珍妮已经长成了一个亭亭玉立的姑娘，粗劣的饮食和严酷的生活并没有影响使她美丽动人的遗传基因。

我把和父亲的见面当成了一件大事告诉她。

珍妮的反应却是出乎意料的淡漠，她冷冷地说："我了解你的父亲，他是个聪明而可怕的人物。"

"你不是也有个母亲吗？"我好奇地问。

"她不可能来看我，"珍妮忧郁地说，"她有成百上千的女儿呢。"

此后，我和珍妮见面的时间一天天少了。她要学习文秘、打字、护理、插花和烹调，还有跳舞和社交。而我则每天坐着吉普车，在太阳城里四处逛游。讲解通常是由周先生来负责，但有时会由父亲亲自解说。

我是多么热烈地盼望着和父亲见面。我能理解他每一句话、每一个动作的含义，他也能理解我的每一个孩子气的问题。我尤其佩服他那在年轻时就显露出的过人的睿智和勇气。

还在大战以前，在基因控制委员会把持局面的日子里，人的无性繁殖被禁止了。父亲带着一批科学家和仪器来到北非沙漠深处的一个绿洲，在强悍好斗的图阿雷格人的故乡点燃了第一批克隆人之火。

二十年后，当那场毁灭性的战争结束时，满目疮痍的大地上忙于重建家园的人们没有注意到，一个小小的新国度正在崛起。它靠出售战后各国亟需的强劳力和高产粮食种子迅速富裕。同时，一支装备精良的豹Ⅰ战士组成的军队也正以惊人的速度壮大。每一个战士都骁勇善战，克隆帝国的疆域迅速地扩展。

公元2161年，帝国的势力首先侵入了南部欧洲；不久后第一批克隆士兵在印度次大陆登陆；在美洲，克隆骑兵所向披靡。

公元2175年，克隆战士超过了十万，克隆工人的数目达到了一千万。

虽然战后各地匪盗横行，帝国内部不时有零星的战斗，但帝国仍在不断地壮大。新一代的豹Ⅱ战士很快投入使用，克隆工人也向多品种、多规格方向发展。新的克隆工厂在各地建起。

昔日小小的绿洲已经成了一座可以容纳二十万人的城市。站在我父亲的办公室里，可以看到脚下一排排灰色的屋顶，一直铺到城市的边缘，间杂着一块块的黄沙地操场。每个克隆人都要在那儿被塑成预先设计的模样，不合格的就被淘汰。

太阳城的西面看不到建筑物，一切都隐藏在方圆数百千米郁郁葱葱的丛林绿洲中。时不时会传来一阵低沉的闷雷声，随即顺着干涸的伊斯河谷迅速远去。

那儿是特训基地，刚学会走路的豹Ⅱ人就被送去受训。

他在还未成年时，就已经是一名战技娴熟的战士了。

我还去过另一座庞大的建筑，它在地面以上的部分拥有数千间房屋，地下部分和地上部分一样大。每个房间里安装着十个人造子宫和维持系统，我总是带着好奇和惊悸的心情看着那些玻璃瓶里的小小人形伸腿、吸吮拇指。

有数百名科学家（都是年轻的第三代）在这儿工作，控制胎儿的营养供应，通过减压装置让他们聪明或者愚蠢，并取出发育异常的胎儿处理掉。昏暗的灯光下，一排排玻璃容器反射出荧荧的光，科学家们就像是行走在海底世界的巫师。

在深深的地下室里，他们用一根特殊的探针，插入预选的父体或母体的肋骨下，取出体细胞后培养繁殖，然后放入离心管内，在含有细胞松弛素B的溶液中旋转，使细胞释出它们的核。

在另一个房间里，每一个细胞核都会与一个除去核的卵细胞结合。这些卵细胞将包含一套完整和精确的蓝图——制造一个人的建筑图。这些魔术般的过程让我惊叹不已。

真正像谜一样的是基因研究所，它是相对独立于太阳城的一组白色建筑物，连一扇窗户也没有。没有人能随随便便走近距它半径五百米以内的地带，父亲亲自带着我穿过了重重铁丝网、铁门、岗哨和隐蔽的机枪阵地才深入腹地。

"这儿是研究新型克隆人的基地。"父亲低声说，"豹Ⅱ还不是十全十美的。我们在北美和远东地区都遭到了顽强的抵抗。我们还需要擅长在稻田水网地区作战的两栖战士，征服西伯利亚和格陵兰的极地战士，还有听觉和视觉出众的猎杀队员……"

走廊上传来一阵嘈杂声，一只可怕的幼小怪物躺在小车上被推了出来。它有一副长满鳞片的身躯，上面挂满滑溜溜的黏液，四只细长的肢端长着蹼足，活像一只小人鱼。押车的两名豹Ⅱ人用枪筒戳它的肚子，小人鱼费劲地转动它那发皱的圆脑袋，大口地喘着气。

豹Ⅱ人看到父亲，恭敬地立定脚步行礼。小人鱼停止了挣扎，用那双饱含泪水的眼睛无助地望着我。

为首的豹Ⅱ队员报告说："又失败了，长官。这家伙的手脚都动弹不得，我们奉命把它宰掉。"

父亲点点头。我看着小车顺着走廊远去，那个丑家伙的眼睛简直叫我发抖。

父亲长长地叹了一口气，黯然神伤。"我拥有一千名最优秀的科学家和基因工程师，他们都还年轻，还需要时间，而我已经老了。"他转身面对我说，"你一定觉得，我看上去又老又疲倦，我在侈谈权力却没有办法防止衰老……"

他的目光深沉，我不能肯定里面是否包含着嫉妒。

研究所里让人愉快的是那些植物。有高产量的旱稻，结合了固氮菌的土豆，能生产适于给人输入血清蛋白的马铃薯。

这些基因作物能充分利用地球上剩下的土地，这些土地虽没受放射性污染，但大都干旱贫瘠，寸草不生。

珍妮

珍妮来找我的次数突然少了下来。这期间，空地上悄悄地长起了青草。

有次，我问她是不是有了麻烦，她微笑着不肯回答。

"你好像不太高兴？"她反问我。

"我不知道，珍妮，我不知道。我学得很快，可是我越来越不像我的父亲。他最讨厌女人天生的那种仁慈，我却从自己身上不断发现这种愚蠢的感情。我不知道该怎么办。珍妮，我不想学习了，我恨死它们了。"我心烦意乱地揪着脚边的草叶，把它们揉成一个个的小球。

"我一直以为你过得很开心呢。"珍妮叹了口气，凝望前方。她的双眸中充满忧伤。

我就坐在她身边，她的一缕金发不断被风拂到我的脸上，让我意乱神迷。

"还记得小时候我们读过的那首诗吗？只要孩子愿意，此刻他就可以飞上天去……吉姆——"

"嗯。"我随口应了一声。

"你想飞吗？"她用认真的口气问我，"远远地飞离这儿。在沙漠的那一边，有一个蓝色的巨湖，在那儿什么都是蓝色的，在清晨的凉意中跳舞的花草，顺着树干流淌的琥珀……"

"你想干什么，珍妮？"

"明天在这儿等我。"珍妮冲我狡黠地一笑。

第二天珍妮没来，第三天也没来，直到第四天我等得心焦的时候，她才出现在栅栏的另一侧。她得意地扬着一个瓶子，蓝色的玻璃在阳光下闪着光。

"闭上眼睛。"她在我耳边轻声说。

我顺从地闭上眼睛，觉得一双温暖的小手在我臂上摸索，忽然感到一阵刺痛。

"马上就好，吉姆，你会飞起来的。"珍妮的声音仿佛离得很遥远。

一股生命的泉水流过我的血管，我张开双眼，周围是一个蓝色的世界：蓝色的空气，蓝色的太阳，还有蓝色仙女一样的珍妮，她正冲着我笑。

"你真行，珍妮，"我迷迷糊糊地也想笑，"从哪儿搞到的欣快剂？"

"我的办法多着呢。"珍妮蓝色的脸像杯醇酒般使我迷醉。

"我爱你！"我说。

珍妮退缩了一下，脸红了。

"我爱你，珍妮。"我又说了一遍，伸出手去拉她。

"不！"珍妮后退了一步，坚定地说。

"为什么不？"我大吼了一声，蓝色的世界在我眼前颤抖坍落。

"吉姆……吉姆，你还不明白，我们不是同一类人。"珍妮胆怯地看着四周。

"是一类人。"我坚持说，"我从来不把你当下等人看，你是知道的。"

珍妮转过头来直视着我，她那蓝色的眼睛好像融化在空气里。

"问题不在这儿。"她的话音清晰有力，"吉姆，你崇拜你的父亲，你追随着你父亲的梦想，梦想繁殖驯服的克隆人，维持你们的特权地位。而我，只要活着就不会忘了自由。"

我的声音听起来软弱无力："我不是这样想的，我不……"但我知道我是这样想的，我喜欢父亲的理论，我愿意相信他的每一句话：

"人类已经没落了，吉姆。他们已经毁灭了地球，只有正义才能拯救它。是我们修复了战争的创伤，是我们养活了几千万的人口。我们是真正的救世主。"

我想起父亲指着落日对我说的话："儿子，只要有一天阳光照得到的地方就遍布了克隆人的足迹，地球就会成为宇宙中最强盛富裕的星球。"

此刻，我绝望地说："你为什么要做我的朋友，珍妮？"

珍妮说："我喜欢你不屈的性格和人情味。"

我读懂了她眼睛里的另一句话："但我恨你的帝国。"

她猛地一扬手，手里的注射器飞向空中，飘向太阳城的另一端，飘过蓝色沙漠的尽头。珍妮也随之飘走了，飘向铁篱笆的另一边，和我永远永远地分隔开了。

我昏昏沉沉地坐了一下午，直到我那很不明智的笑声引来了周夫子。他像只多疑的猎犬般在我身上探着鼻子到处乱嗅，我指着他那张发蓝的脸笑得喘不过气来。他终于找到了那个小小的针眼。

父亲坐在他的办公桌后，用一种忧愁的眼光打量着我："你真叫我伤心，吉姆。我姑且相信这只是一次好奇心驱使的结果。可你为了好奇，险些让我对你十余年的教育付之东流。詹姆斯，你需要受到更严格的管束了。"

特训基地

欣快剂事件后的第三天，我就离开了学校，到特训基地的第三步兵学校报到。

学员们除了我之外全是年轻的豹Ⅱ人。教官肖恩范斯上校是个花白头发的老头儿，严厉又不像老豹Ⅰ队员那样粗俗，让我暗暗称奇。

我在这儿接受了二十二周的艰苦训练，白天在迷宫般的沙漠和丛林中穿行，进行武器训练、作战演习、野外生存、山地攀爬和徒手搏击，晚上支好营帐后，还要学习战术理论、情报训练、地形地理判读。

出于某些奇怪的原因，我的训练成绩都还不错。只有武器训练中的"沙地飞车"我不敢尝试。通常只有豹人才能承受得住飞车起飞和急转时高达8G①的加速度。

最后的实战训练来到了，这是一次验证训练结果的战斗搜捕演习。所有的学员被分成二人小组，空投到远离营地的伊斯河谷去。那儿有二十名提前投放的目标，受训的学员必须在二十四小时内全部找到它们。

为了照顾我，我的同伴不是学员，而是一位真正的豹Ⅱ突击队员——奥斯特中尉。

整整一天，我套着笨重的全套突击队员装备——金属铠甲、突击能量枪、高爆榴弹发射器、手雷，还有淡水、干粮，跟在中尉的后面搜索前进，时而攀上陡峭的悬崖，时而穿过干涸的河床。

奥斯特中尉很快凭借一点儿被踩动过的土块和一根折断了的树枝找到目标的踪迹。他带着我绕过高大的仙人掌丛，爬上一块悬崖埋伏起来。这儿能鸟瞰整个河谷，白色的亮闪闪的峭壁蜿蜒伸到远处，到处长满了暗红的刺柳和仙人掌丛，谷底是一汪混浊的水洼。

中尉轻轻地用手肘触了触我，指了指河谷尽头的那一大片棕榈林，然后伸出两根指头打了个手势，表示那儿有两个搜捕小组正在靠近。豹Ⅱ队员之间都有一种奇特的心灵感应，就像我和父亲之间的奇特感应一样，这使他们之间的协调作战能力无人能比。

---

① G指地球的重力加速度，通常取9.8m/s²。

我竭力睁大双眼，想看清逐渐昏暗的谷底。太阳正在谷地的另一头静悄悄地沉下去。还是中尉先发现了目标，他指了指水洼的附近，一个白点正悄无声息地躲在粗大的仙人掌后移动。我支起了沉重的能量枪，把晒得发烫的枪托贴在腮部。中尉只是个指导者，游戏的主角是我。

　　白点移动到了水洼边上，似乎终于耐不住干渴而从仙人掌后钻了出来。中尉一挥手，能量枪在我肩部轻轻地跳动了一下，尖利的枪声打破长时间寂静的强烈效果让我吓了一跳。

　　我几乎是滚下沙坡的，靴子里进了不少沙子。中尉走到目标旁边，用脚把它翻了个个儿。我一瘸一拐地走近，阴沉着脸说："是个人！"

　　中尉点点头，抽出刀子漫不经心地说："不错，沙尔姆型号，新出的。"

　　我尽量控制住双腿的颤抖，走上前去。这是一张年轻的脸，金色的鬈发，高直的鼻梁，就是我在学校里见过的那种小伙子。他身上的衣服碎成了破布片，干裂的嘴唇上沾满热沙……

　　我们·直等到太阳下山，谷底一片昏暗时才和其他两个小组会合，继续向前搜捕。在半夜里，摸黑走在山脊上时，我忍不住又嘀咕了一句："用的是活人！"

　　奥斯特中尉回答说："是被淘汰的克隆人，他们没达到要求。"

我跌跌撞撞地前进，觉得像是走在恶魔出没的森林中，而我也是其中的一个魔鬼。我心烦意乱地想起了珍妮，不知道我为欣快剂撒的谎是否骗过了父亲，让她逃过惩处。

二十四小时后，八十名学员在谷口丘陵上会合，一架大型旋翼机在那儿等着我们。肖恩范斯上校绷着脸站在机舱门口，直到二十条打着青色印记的"目标"整齐地摆在他面前，他才点了点头。我瞪大眼睛斜睨着他们，直到确定其中没有我要找的号码，才为自己愚蠢的担忧松了口气。

演习完成得很漂亮，上校宣布放假两天。同伴们拉我去特训基地边上的军人活动中心。我不会喝酒，可是要了双份中国白酒。酒吧间里烟雾腾腾，挤满了身穿军装的男人和漂亮女孩。

背后传来了一阵嘈杂声，两个醉醺醺的豹Ⅱ人正把一个女孩带向门口。周围的人全都无动于衷，看来这种场面是司空见惯的。

我的心猛地跳了一下，那个女孩长得很像珍妮，非常像她。我第一次认真意识到一个珍妮型克隆人的命运。我低下头去猛喝了一大口白酒，呛得嗓子火辣辣的。

"詹姆斯！詹姆斯！"有人在背后尖声叫喊。

我猛回头盯着那个被拖拽的女孩，她的衣服鲜艳花哨，脸色苍白，可是两只眼睛还像以前一样明亮透彻。

"珍妮！"我不敢相信自己的眼睛，奋力挤开人群冲了上去，使劲揍了一下一个缠住珍妮的家伙。

那家伙像只沉重的口袋般倒了下去。

我把我的中士徽章伸到他鼻子底下，喝道："滚！马上！"

这家伙蔫了下来，灰溜溜地走了。即使在酒精作用下，豹Ⅱ人服从上级的天性还是不会淡化的。

"珍妮，怎么回事？"我拉着她走到广场上的一个喷泉边上。这儿没有别人，只有一只石雕的豹子从水中探出脑袋，湿淋淋地看着我们。

"我只能来找你了，吉姆。"一片红晕浮现在她的脸上，"我有一个朋友被送到了特训基地，我不知道他们会把他怎样。你可以把他救出来。告诉我，你可以的。"

她的双手放在我的胸膛上，微微发抖，好像要掏出一个肯定的回答。

我避开这个话题，问她是怎么进来的。她的脸又是一红，说："我们快毕业了，学校放假一天，我就溜了出来。只有……只有穿这套衣服才能混进来——吉姆，你有办法吗？"

我注视着她微微仰起的脸庞和那双袒露心迹的奇妙眼睛，伤心地说："他是谁，珍妮？是你的情人？"

黑暗中，珍妮没有回答。

那张年轻苍白，沾满了沙土的脸又浮现在我的眼前。他一言不发地躺在沙地上，无神的眼睛里还充满了对自由的向往。

"让我见他一面。求求你，吉姆。"珍妮的话音里带着令人恐怖的绝望。

我摇了摇头，慢慢地说："没希望了，珍妮，没希望了。"

珍妮后退了一步，紧紧地咬着嘴唇。她颤抖着后退了一步，又退一步："我恨你，吉姆。恨你的帝国，恨你的军队，恨你的学校。"

我想开口辩解，可是无从说起。我掉过头去，不敢正视她的眼睛。

直到珍妮漂亮而花哨的裙子在眼前飘动时，我终于忍不住喊了一声："珍妮！"

她回过头来，嗯了一声。我看见一颗泪珠滑入夜色中。

我嗫嚅地说："后天我要走了，去寻找格纳尔达。这是父亲的意思，他认为男子汉要在战斗中成熟。"

珍妮的眼睛在黑暗中闪着光。"你不能这么做，吉姆。格纳尔达是……"她止住了话头。过了一会儿，我感到她柔软的手指滑过我的肩膀，又伸到我面前屈了屈，说："记住这个手势，吉姆，它也许可以帮助你……我也不希望你受到伤害。"

格纳尔达

格纳尔达是科鲁斯死海中最著名的强盗。他的名字能让伊斯河流域的居民发抖，他手下的喽啰敢和帝国士兵对抗。他埋伏在沙漠中袭击商队，掠去所有的克隆人。帝国数次派兵清剿，每一次他都能奇迹般地从绝境逃生。

父亲派我去执行这个危险的工作，我并不感到奇怪。柏拉图认为一个人的高贵品质最容易在战斗中体现出来。我敢保证父亲宁愿再等上十几年培养新的继承人，也不愿一个懦夫接替他的位置。为了考察我的举止，他让肖恩范斯上校当我的作战参谋。

精悍的帝国军队虽然无敌于天下，但对付这支小小的良莠不齐的匪盗团却异常吃力。他们在干涸的河谷中像鼹鼠一样到处潜伏，穿着帆布鞋在晒得滚烫的沙地上跑得飞快，常常在星月无光的夜晚如同神兵天降般出现在猝不及防的豹 II 士兵的战壕前。

尽管部下伤亡惨重，老谋深算的上校还是逐步把反叛者压缩到科鲁斯死海的峡谷里。那儿寸草不生，缺乏水源。上校想把他们活活困死在里面。

军队在谷口和峭壁上扎下了营寨，一个强大的单向力障壁竖在峡谷和营寨之间，豹 II 队员乘着沙地飞车在高处来回巡逻。格纳尔达插翅难逃了。

月亮升上天空，给旱谷中投下清冷的光线，谷底鬼影幢幢。我回到指挥部所在的帐篷内，肖恩范斯上校正在等我，立体作战图已经挂在了一张厚重而华丽的挂毯前。

我解下武装带搁在桌上，不过没有卸下铠甲。这个决定后来救了我的命。

门口有两个豹 II 卫兵，屋里还有两个。我的两个随身侍从却不知上哪儿去了。他们是父亲特意拨给我使用的，全是沙尔姆型。我把他们分别叫作沙尔姆1和沙尔姆2，虽然我从来也没有分清过他们俩。

我和上校还没交谈几句，一切就像突起的沙漠热风般爆发了。几个全身黑衣、黑披风的人影骤然出现在帐篷前，没等门口的两个卫兵发出警报，两柄白亮的尖刀就已进入了他们的胸膛。

为首的黑衣武士旋风般地卷进帐篷，他浑身上下充斥着沙漠的粗犷气息，还带着凶狠的死亡味道。上校那身显赫的军服吸引了他的注意力（此刻我的军衔已经升成了上尉）。他凶猛地向上校扑了过去，把老头儿撞翻在地上。其他黑衣人蜂拥而入，与竭力抵抗的豹Ⅱ卫兵搏斗起来。

纷乱中我瞥见上校的枪被一脚踢飞，一把闪亮的尖刀抵住了他的胸膛。尽管上校实际上是我的监视者，我还是不敢袖手旁观。我像一只猎狗那样向那位为首的黑衣武士猛扑过去，把他撞离上校面前。

对手那惊人的搏斗技巧和力量险些让我当场送了命。他手里的尖刀灵巧地从纠缠中挣脱出来，狠狠地戳在我的肋骨上。我全身猛地一震，一股剧痛沿着肋下传遍全身。

但是那件高密度合金钢铠甲终于发挥了作用，使他的武器滑向了一边。我乘机猛力扳动他的左肩，同时踹了他膝窝一脚，他立刻像一头立地不稳的公牛那样斜着倒下了。我顺手从他的皮带上扯下一把能量枪，对准了他的眼睛。

帐篷里众寡悬殊的战斗瞬间结束了。我看到两个豹II卫兵倒在我的脚下一声不吭，上校也很不体面地倒在地上，七八个黑衣武士虎视眈眈地围着我。令我惊讶的是，失踪了的沙尔姆1还是沙尔姆2竟亲热地和他们站在一起，我明白了他们是如何突破力障的。看着我手里的枪，他们仿佛有些不知所措。沙尔姆和周围的人嘀咕了几句，走上前来想要开口。这时，一束绿色的激光束突然穿过低垂的营帐帷幕，击碎了他的脑袋。数十名精锐的豹II突击队员端着枪冲了进来。死去的豹II卫兵虽然没来得及发出警报，但是他们之间那种奇妙的心灵感应再一次发挥了作用，惊动了整个兵团。

局势急转直下，黑衣人的抵抗是短促的，没有求饶和请求宽恕，他们都像高贵的战士那样倒下了。

我除下被我制服的黑衣武士的头盔，被扶起的上校在后面"噫"地叫了一声，我才注意到那武士。那是一张饱经风霜、神情极其傲慢的脸，我一下明白眼前的这人究竟是谁了。

果然，他把头颅高高地昂着，毫无惧色地说："我就是格纳尔达，克隆帝国的死敌。你们可以杀了我，但是不可能杀死科鲁斯死海所有为自由而斗争的兄弟。"

上校被军医扶了出去，我命令正在打扫战场的豹II士兵退出去。

帐篷里只剩下我和这个桀骜不驯的汉子，他的双手被手铐牢牢地铐在身后。一时间我们都没有说话，只听见绕着帐篷走动的士兵沉重的脚步声。

我把手枪插回皮套，绕到他身后打开了手铐。格纳尔达疑惑地注视着我的动作。

我扶起椅子让他坐下，自己也在桌子对面坐了下来，说："格纳尔达，我想和你谈谈。"

"谈什么，让我出卖我的兄弟吗？"他的脸上充满了厌恶和嘲弄的神色。

我把中指屈了屈，做出珍妮教我的奇怪的手势，他大吃一惊："你是？……"

"你得答应不再和我父亲的帝国对抗，我就帮助你逃走。"

"你还是把我铐起来吧。"他坚定地说。

我笑了，要求他必须换个名字再活动，否则我父亲会毫不犹豫地杀了我的。

他突然把手指竖在唇边，示意我噤声。我瞥见挂着地图的毯子动了一下。

我至今还不太明白躲在挂毯后的沙尔姆(后来知道他是沙尔姆1）是如何察觉到危险的，他一步蹿出了厚厚的帷幕，想跳出门去。

格纳尔达动了一只手腕，一道寒光闪电般地扎中沙尔姆1的咽喉，他哼也没哼一声就死了。事情很清楚，沙尔姆1居然在我命令所有的人出去的时候留了下来，唯一的解释是他接受了更高级别的命令——他是我父亲的密探。

我对格纳尔达那把金属制的薄刃飞刀很感兴趣，只有在古老战场上才有人使用这种冷兵器。

"嘿，这么说，你随时可以杀死我。"我拈起那把飞刀对他说。

"你的手势做得很及时。"格纳尔达说，他伤感地看了看倒在地上的那些部下，"你有什么好办法吗？"

只听见帐篷里传出了两声沉闷的枪声。守候在门口的豹Ⅱ士兵闯了进来，他们看见披着黑斗篷的"格纳尔达"坐在椅子上，他的咽喉穿了个大洞，面目模糊难辨，胳膊上也被烧焦了一大片；他们的上尉拿着能量枪，脑袋旁边的地图上插着一把明晃晃的飞刀。随后赶来的上校小心地拔出刀，说："他居然失了手，可真幸运。"

我真得感谢那位在上校的眼部打了一拳的小伙子，这使上校没有注意到"格纳尔达"咽喉伤口处的血迹。能量枪是打不出那玩意儿的。

真正的格纳尔达已经穿着沙尔姆1的衣服混出了帐篷。两个沙尔姆的胳膊上的标记都被我烧焦了，没有人会知道到底是哪一个沙尔姆失踪了，哪一个死了。

我走出营帐，远处是月光下银色的群山，还有挺拔而优美的仙人掌，构成了一个仿佛被人遗忘了的世界。今夜两点我将打开障壁，让格纳尔达和他的弟兄们逃走。我知道这是珍妮希望我做的，却不知道我做对了没有。

珍妮之死

父亲对我的凯旋极为高兴，上校报告中给我的高度评价使他消除了对我的疑虑。我得以在克隆城中随便走动。

太阳西斜时，我回到了阔别已久的大屋。空地上长满了细茎针茅和三芝草。我摸摸无花果树上的一个树杈，上面还搁着几个粗糙的落满灰尘的贝壳。

我爬上木栅栏向学校望去，惊讶地发现依旧是尘土飞扬的操场上蹦蹦跳跳着一群七八岁的小女孩。我的脑海中闪电般浮现出珍妮最后的话——她快毕业了。

我冲到学校里揪住了周夫子，老家伙吓坏了，前言不搭后语地说了半天，我才听明白：今天在金字塔大楼拍卖毕业的克隆人。

今天是太阳城里最热闹的日子，来自各地的商贾云集于此。有种植园主、印度土王、军火贩子，甚至还有一些国家政府的秘密代表。

我急步穿过拍卖大厅，不顾台下的骚动，一把揪住拍卖主持人的领子，问道："珍妮，珍妮型的人在哪儿？你都卖给谁了？"

主持人看着我的脸色，忙不迭地指着后面说："得等全部售完后才领人，所有的人都在后面仓库里。"

巨大的成品仓库设在一条通道两侧。黑房间里挤满了待售的克隆人：有吃苦耐劳、上肢发达的农夫；有四肢强健、技术娴熟的工人；有温文尔雅、举止谦卑的仆人。我快步走过通道，终于了找到珍妮们的房间。

"珍妮，珍妮！"

我在上百双温柔的蓝眼睛中徒劳地搜寻那双大海一般明亮的眼睛。这真像是一场噩梦。

我精疲力竭地靠在门上，只想放声大哭。

一只柔软的小手碰了碰我的肩膀。我触电般跳了起来，又痛苦地呻吟了一声："噢，你不是，你不是的。"她长得和珍妮一样美丽，可她不是。

"奥古斯先生，我是露西娅，您还记得我吗？"

露西娅，我长长地叹息了一声。是的，我记得，她是珍妮的朋友。我紧紧地抓住了她的肩膀，问道："珍妮在哪儿？为什么不出来？"我狂热地扫视着周围的女孩，想找到我的爱人。

露西娅低声叹道："太晚了，詹姆斯。她一直在试图逃跑，寻找通往科鲁斯死海的路。昨天她逃跑成功了，可是没能找到路……豹Ⅱ人马上就要把她送到特训基地去了。"

我不记得自己是怎么从楼里冲出来的。一架沙地飞车正从我眼前低低掠过，我一把拖住驾驶员，把他从飞车上拽了下来。

我开动飞车引擎时，巨大的加速度几乎让我晕了过去。我以可怕的速度飞行着，我此时的使命是从死神手里夺回时间。

天黑前一小时，伊斯河谷那些巨大的峭壁赫然耸立在我面前。我低低地沿着谷底飞行，看到几只兀鹰正在天空盘旋。

我把飞车停在了水洼边上。我看到了她！这可怜的女孩四肢舒展地躺在古老的海底地衣上。她那小小的脸向上仰着，美丽而恬静；她洁白的左臂上血肉模糊，那个引以为耻的奴隶标记永远地离开了她。

在痛苦和悲哀之中，我把头深深地埋在手臂上。在我艰难地离开那儿时，我仿佛感到珍妮那小小的身躯在我怀里颤抖，耳边回响着许久以前我们的对话：

"吉姆，我真害怕有一天我也会被他们抓住，送到永远见不到太阳的地方去。"

"那时候，我就去救你……"

等我再次飞回河谷时，已是残阳如血。

珍妮躺在我用刺柳搭成的防兀鹰的棚子中，优美的身躯几乎没有变化。我从消毒箱中取出一根探针，轻轻地刺入她的肋下，取出一点肝细胞。

这些细胞将会在克隆工厂那深深的地下室里培养增殖，与卵细胞结合。注视着这些细胞时我深深知道，那里面的每一个小圆球都是一个潜在的珍妮。她身体里的每一个基因都包含在里面，只等着卵子细胞质里的神秘化学钥匙来开锁。每一个微粒都包含着珍妮的金发、珍妮的眼睛、珍妮的头脑，甚至我想象珍妮的灵魂也在其中。以后的日子里，我将尽力培育她们。

在夕阳落下的方向，在金色沙漠的那一边，格纳尔达和他的克隆兄弟正在为着自由而战；在太阳城内庞大的克隆工厂里，越来越多的具有珍妮那样的叛逆精神的克隆婴儿也将不断地成长。

詹姆斯·奥古斯创立了一个辉煌的帝国。我——詹姆斯·奥古斯二世能用同样的能力摧毁它，在废墟上建立一个和平美好的克隆之国。蓝色——自由的颜色将是我们的旗帜。

关于作者和作品：

《克隆之城》获1996年"银河奖"，作者潘海天是科幻、奇幻双栖作家，曾四次荣获"银河奖"。《克隆之城》展现了一个人人由无性繁殖产生，在出生之前就已经被规定了相貌、职业的克隆帝国。驯顺的克隆人成就了一个强盛富裕的帝国，被寄予厚望的帝国继承者却与反抗帝国统治的自由战士结下了不解之缘。这篇文章奠定了潘海天以后作品的主要风格和基调——青春飞扬的纯洁浪漫主义与复杂难解的爱怨纠缠，以及主角面对人生时内心的苦痛挣扎、对于人性和历史的终极思考。

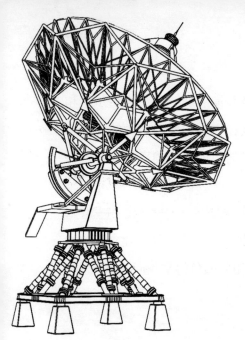

永不消失的电波

拉拉

时间是——标准时间+1000亿秒。

"'开拓者'……兹……在你的前方……兹……确认……"

"……兹……建议改变轨道……它看起来很不稳定……兹……"

"改变航向，77-1045-37-……兹……"

环境音效发生器在一声无奈的哀鸣后，关闭了。空间骤然陷入一片黑暗，连接插头里的能量也如同退潮的海水般消失得无影无踪。应急灯立刻亮了起来，将房间罩进惨绿的昏暗光影中。

尼古拉徒劳地伸手在面前划拉几下。没有任何反应，看来这次是把"下流胚子吧"的总保险给烧毁了。

过了几秒，"嗡"的一声轻响，能量又偷偷溜回房间里，房间里响起一阵"窸窸窣窣"，那是时空正在偷偷地溜回现实空间的声音。尼古拉叹了口气，身体微微一挺。接驳在两肩的灵敏型调节机械臂同时松开，微微喷着润滑气体，缩回墙里。他光溜溜地站起，左手和右手从储物柜里飘出来，接在他的肩膀上。

尼古拉咳嗽一声，那声音立刻在四面八方响了起来，吓了他一跳。他的语音系统还接驳在小房间的公共频道上，忘了收回来。看来在这个以千万秒为刻度的时空泡上，已经很难再深入地追查了，而且恐怕某人也绝不会让他追查下去了。

他悻悻地走出娱乐室，卡格看见了他。卡格的身体正在娱乐中心的另一面处理故障，于是他在尼古拉面前打开了一个浮空窗体，气急败坏地跟着尼古拉往外走。

"嘿！我说你！见你的鬼去吧，小兔崽子！"卡格热情地向他打招呼。娱乐中心的贩子通常都恨不得顾客一直烂在某个角落里，只要一直往账上打钱就行。尼古拉是卡格唯一的例外。他在30万秒前就宣称，如果"下流胚子吧"再次能量过载，他就要把尼古拉倒着扔出去。看来是实践他诺言的时候了。

"好吧，"尼古拉边走边说，"我走。"

"你就不该来！瞧你干的好事——你一个人用了6万氪能量！我真不知道你是怎么干的？用嘴嗑吗？"

"我用了一下时空泡而已，那不是你们的设备吗？"

"我们不用那玩意儿！那是用来糊弄电检处的！"

"我上别家去。"尼古拉说着，一面快速地穿过"下流胚子吧"的狭窄小巷子，他身体的其他部件奋力赶上他，回到各自的位置。他的听觉系统最后一个回到脑袋上，这时候，他听见卡格在后面喊："那你干吗不去'老实水手吧'？他们有100套时空泡，最小刻度一千秒！足够你精确定位到你出娘胎的时候！"

尼古拉停了一下，花了几秒钟来考虑这个建议。老实说，他很感动。因为"老实水手吧"是本地另一家大型的娱乐中心，规模比卡格的"下流胚子吧"还要大，而且，毫无意外的，老板是卡格的死对头。卡格一时冲动说出这种话来，事后肯定会后悔很久，而且把自己的逻辑判断单元送到工厂去维修。

"好吧，我去。"

"愿主保佑你！"卡格跟他告别。

凭良心说，"老实水手吧"的确比"下流胚子吧"高档得多，甚至令人惊讶。走进前门大厅，你几乎能遇见城里的每一个人，当然得除去上"下流胚子吧"的人。人人都面带急色，匆匆地想要进入自己预定的世界中去快活。他们把自己的下肢、身体和推进器留在存物间里，塞得满满当当，那里面应有尽有，足够装配一艘空间飞船了。吧台的服务人员显然对这种状况感到满意，因为那代表他们的客户正在他们的刷卡机上源源不绝地透支。

尼古拉把后肢推进装置留在车库里，慢慢走向前台。前台服务员向他堆出一脸媚笑。

"尊敬的先生——"

"我要用一下你们这儿的时空泡。"尼古拉用他那少年沉闷的声音说道。

"哪一种型号？"服务员顿时笑花了眼。

"哪一种都行，"尼古拉说，"我只需要在一处完全干净、无打扰的空间，可以在以1千秒为单位的时空里来回，搜索空间背景信号就行。"

服务员的笑容僵持了几秒钟。

"嗯……您需要来一些打特价的特色服务吗？"

"不。"

"时空泡可不便宜，"服务员微酸地说，"如果不需要其他服务，我们可得有个保底价……"

"好的。"

服务员把一块牌子扔出来。"往里走，3775层，1190号。"他简单地说，省去了一切虚伪，"每100秒1000块，不包茶水。"

房间里一片黑暗，尼古拉花了好长时间才在黑暗中摸索到座椅。用拉斯龙皮做的椅子又硬又凉，他躺上去，身体稍稍陷入沙发，感觉到一些东西慢慢爬进自己颈后的皮肤，一溜凉风吹入自己思维的深处。

他的意识和房间的控制平台接驳上了。尼古拉耐心地在平台上寻找开关。

突然亮起一丝光，就在离他不远的地方。那丝光线是一束从天花板拖到地面的笔直的光，光线慢慢变得宽阔起来，原来是落地窗前的窗帘打开了。

屋子里亮堂起来，很快便达到了耀眼的程度。位于第3775层的房间已经超出了行星拉修姆稀薄的大气层外围，双子星普拉迪斯和拉格里奥同时无遮无蔽地出现在天际的右上方，把它们的万丈光芒投射进来。即使尼古拉的眼球外围生成了黑色保护膜，也花了很长时间才适应这可怕的光能辐射。

他站起身，走向窗前。拉修姆星黯淡的地弧线在身下很远的地方，只反射出微微的橙黄色光芒。除开双子恒星，天幕上实在看不到几颗星星——在银河的这个偏远角落，能看到的星海实在有限。在前方几毫光秒外，他能看见太空城Putianthe3rd孤寂的身影。更远的左下方，他甚至能看见壮观的Tasha尘埃云。它硕大无朋的身躯在距离联合星系不到2500光秒[①]的远方旋转，正在形成新的行星，围绕在双子星系

[①] 长度单位，指光在真空中一秒钟行进的距离。1光秒接近30万千米，即$3.0×10^8$米。

周围的星尘受它吸引，形成一道长达数千光秒的"水幕"，正源源不绝地倒入尘埃云的旋涡中。

这倒真是个好地方。尼古拉微微一笑。在整个星球上，也许再没有比这里更好的地方了。

他重新坐回椅子，将两只胳膊从肩上卸了下来，接上房间提供的时空泡控制手臂。这两只新的胳膊可不轻，而且和他的身体有些排斥反应，他花了好些工夫才打开所有控制窗口，依次开启时空泡的各项开关。

房间微微震动一下，脱离开大楼，向外空飘去，但并没有飘多远，一种难以言喻的紫色光芒包围了它，然后将它融解——时空泡在引力导索的牵引下，缓缓滑入了时间的长廊中。

从表面上看，似乎一切如常，但若细心观察，遥远的Tasha尘埃云开始古怪地旋转起来，有时候顺时针旋转，有时候逆时针旋转。横过天际注入其中的"水幕"，也变得模糊起来，看起来几乎是同时流入并且倒着流出尘埃云。

这一切都取决于尼古拉的右手手指。当他轻轻拨弄时，时空泡就在大约3000亿秒①长的时间轨道上快速地来来回回，这是游戏街机能达到的最大尺度了。主要是能量问题，这房间惊人的费用一大半都花在可怕的能量消耗上。

---

①约合一万年。本文中的时间均用秒为基础单位，读者可以稍稍计算一下。一年约合3100万秒，3年1亿秒，30年10亿秒，300年100亿秒，3000年1000亿秒。

他把时间定在约1000亿秒之后，然后投下重力锚，时空泡在扭曲空间的缝隙处微微摇摆着。他卸下控制手臂，将自己在无线电兴趣小组里组装的接收臂装上身体。来自宇宙背景深处的杂乱信号立刻充满了他的脑海。

耐心搜索——那个频段非常特殊，没用多久便从一片噪声中浮现出来。

"'达·伽马号'……兹兹……这里是'开拓者号'……兹……我们距离……大约11000光秒——我们能看见通道，前导火箭开辟的道路非常清晰……星环在我们6-2方位大约3000光秒……"

"'开拓者'，请再次确认轨道。轨道平面有大约1.5%的偏移。"

"'达·伽马'，我们能看见。非常清楚。我们能穿过星环。"

"'开拓者'……'开拓者'……信……'开拓者'！刚才的通信中断是怎么回事？'开拓者'，请回答！"

"这里是'达·伽马'，'开拓者'，请回答！"

信号在这里中断了。尼古拉脸上露出得意的微笑。他成功地追上了那个信息源，看样子，在1000亿秒之后，"它们"还在路上。

现在该说说清楚了。实际上，尼古拉是一名"倾听者"组织的隐修会成员。

在"普拉迪斯-拉格里奥"联合星系，花样百出的组织多如繁星，但像"倾听者"这样的组织还是凤毛麟角，颇受人崇敬，因为这个组织一度是拉修姆繁荣进步的依靠。

拉修姆人并非是拉修姆星上的原生动物——真正土生土长的拉修姆种族已经全部上了他们的菜单。大约1800亿秒之前，拉修姆人的祖先横渡浩瀚银河，从一个不为人知的地方来到联合星系。然后，与所有同类型的小说一样，飞船在登陆拉修姆时出了故障——如果硬要把穿越了数千亿光秒宇宙空间、早已破烂不堪的飞船一头扎进地里称为"登陆"的话。在那场登陆中，拉修姆人损失惨重，幸存者寥寥无几，几乎没能从大火肆虐的飞船中抢救出任何有用的东西。

拉修姆星位于银河外缘，与兴盛发达的银河文明遥遥相隔。行星受到两颗太阳的同时焦烤，对任何有机体而言都如同地狱般灼热。几百亿秒过去，已经失去一切能源供给的幸存者们不得不远离他们的飞船残骸，向稍微黑暗、凉爽一点的大陆深处流浪。没有了文明载体，幸存者们渐渐遗失了过往的一切，文化、语言、技术……甚至是前来拉修姆星的经历。他们在拉修姆上过了好几百年跟土著动物争吃对方的日子，如果这种日子持续下去，幸存者很快就只能从石器时代重头再来了。

所幸的是，幸存者保留下来的为数不多的古老技术中，包括了"深空电磁波接收"这关键的一项。"普拉迪斯-拉格里奥"联合星系远离银河文明的核心区域，在重新恢复技术文明、联结到文明网络之前，幸存者中的许多人长时间倾听深空。他们接收、破译混杂在宇宙微波辐射中那些来自银河各个角落、长达数亿年都不会消散的电波。这些电波带来知识和文明，帮助落难的拉修姆人重新拼凑起文明。

200亿秒前，拉修姆人终于成功地重返银河文明圈。从那时开始，银河文明网成为联结这个世界与整个宇宙的桥梁，而倾听则变成了一种怀旧，一种高尚的情趣，一种无聊的打发时间的方法。"倾听者"倾听宇宙中的一切声音，日复一日地改进他们的接收装置，并逐渐分成许多流派，这些流派通常试图听清楚以下内容：

银河的呻吟声；大天鹅座钟鸣般的脆响；β-4星系连绵不断的滴答声；"孤行者"行星划过天际时的嗖嗖声；牛头座星云里尘埃们的窃窃私语；巴·卡迁星系里那个奇怪种族不停的擂鼓声——他们不知疲倦地敲啊敲啊敲，以至于文明都中断了，最近3000万秒再也听不到任何动静；最激动人心的是倾听克里克斯星云水河注入Tasha的轰鸣——这声音简直大得像宇宙爆发之初的巨响，喜欢这个调调的人都是苦修会成员，每过两个月他们就要更换自己的听觉系统，有的甚至还需要做心理辅导。

倾听给拉修姆人带来知识和财富，引领他们步入新的世界，给拉修姆人带来无穷的乐趣，但有一件事情被人们遗忘了——拉修姆倾听者从来没有听到过自己母星的声音。在漫长的星际旅行中，他们已经忘了自己是谁，来自何方，在从前发生过什么。他们开始称自己为拉修姆人，好像他们真的在这里出生、长大一样。

尼古拉，像我们前面说过的那样，是一名隐修会成员。这个会是所有倾听者组织中最保守、最传统的一个，可尼古拉看起来像个没被管教好的小屁孩，穿得令他老妈都难以忍受，成天出没于娱乐场所，吸食迷幻药。然而命运是如此会捉弄人，大学时代，在一个歇斯底里的派对上，他吸食了过量迷幻药，神魂颠倒地把自己关在实验室里，结果，制造出一种全新的无线电接收装置。

这是一台"倾听过去"的装置。它只能接收600兆赫以下的"原始"频段电磁波段。在这个波段内，电磁波老老实实地在第一速度的限制下穿越空间①。银河文明网络是不使用这种频率的，而如果偏远地区某个尚未进化的种族使用这个频率，它也需要花上好几千亿秒才能在银河系中跨越一小段距离，然后在运气顶了天的情况下，被一台类似的装置接收到。拉修姆人依靠吸收先进文明才从泥坑中挣扎出来，谁还会有心思，去管那些说不定早就灭亡了的文明留下的只言片语？因此，这个频率接收项目——用一句大学里很流行的话来说——很偏，没有人研究这个。尼古拉有幸成为当代唯一一个研究此项目的人，可以获得大笔经费，足够他逍遥快

---

① 电磁波在30万千米/秒以下为第一速度，超过这个速度，在120万千米/秒以下为第二速度；若想登录银河文明网，则需要使用波速2400万千米/秒的第三速度。

活地过一辈子。

尼古拉从人生的第一个叛逆期开始就喜欢上了"向后看"。他喜欢研究历史，可倒霉的是，拉修姆人没有历史，也没有自己的文化和传统，甚至连一家博物馆都没有。要想研究历史，你就得登录银河网，用Goooooooooole搜索"历史文化"这个词，可以搜索到1万亿个网页；可如果你搜"拉修姆的历史"，还不到1000个，而且其中800个都是介绍拉修姆独特的饮食文化的。

这台疯狂的机器一定是从他的潜意识里爬出来的——它只提供历史，其他什么作用也没有。这东西能够从无止境的宇宙背景噪声中，捕捉到那些细微的原始信号，每一段信号都代表着一段被遗忘了的历史：那些也许永远消逝了的种族和文明，在消亡很多很多年之后，只有这些静电噪声在默默地诉说湮灭在历史中的爱恨故事。尼古拉把它们一一记录在案。谁知道在这里面是不是隐藏了关于拉修姆人前生的秘密？

他是在200000秒（拉修姆星的现实时间，而非尼古拉在时空泡中经历的时间跨度）前发现这个奇怪频段的。这是一段包含了原始音视频的信号，它跨越了银河浩瀚的空间、前后数千亿秒，已经在寒冷的宇宙空间中损耗了绝大部分能量，能接收到它们实属撞大运。

起初，尼古拉并没有太在意这段信息。这种东西太普遍了，充满整个银河，好像所有的种族都迫不及待地向外高调宣扬自己的存在似的。然而，听取几遍之后，他赫然发现，这是一段带有明显拉丁语系特点的信息。

在银河文明网上，联结了数以亿计的文明圈，所有的文明都通过两种语系进行交流：拉挈魏语系，这个语系由34564个表意和47125个表音的词汇组成，十分复杂，但是因为这复杂的语言体系能够描述银河中的大部分丑恶现象，因此为各文明圈通用；恰克恰克语系，这个语系由一连串，没错，就是一连串，没人数得清到底有多少个类似于"嗯""呜""呃""啊"之类的元音组成，而实际上这些词毫无意义。交流者本身是通过这些语气词来传递精神语言，在双方的脑海中形成真正的语义。恰克恰克语系流行于靠近银河中央星群的一些智商高度发达的种族中，他们才不屑于与开口说话的种族交流呢。

而拉修姆人的母语则属于拉丁语系，也就是字母少于60个的语言系统。在黑暗时代里，他们几乎把母语忘了个精光。联上文明圈之后，拉修姆人全面倒向了拉挈魏语系，原因很简单：拉丁语系由不到60个表音的字母组成，由此产生的语义实在单调，在银河这个大圈子里，连骂人都不够。只有靠近银河边境的少数未开化种族还在使用这种语言，这可使他们少浪费时间在唾沫横飞的交谈上；再说了，在那些以光速为最高时速的世界里，传递复杂的语言纯粹是给自己找没趣。

尼古拉研究过拉丁语系，这是他的嗜好之一，可以帮助他在倾听"过去"时，能够比较快地理解那些被监听到的只言片语。他听过的那些落后种族的语言，有时候真能把人烦死，哪怕是经过语言机器的再三净化，也摆脱不了里面混杂的各式俚语、脏话和问候人祖宗十八代的套话。这几乎成了进化上的一景。似乎在跨进文明圈的大门之前，低等种族都被限制了语言发展的上限，他们只能祈求上帝，能让他们用那贫瘠的语言把思想表达得更准确一些。

以下是尼古拉收到的这个频率的第一个信息段：

"'远行者6号'……兹……这里是莆田港……深空激光导航信号已经发射。"

"明白。信号清晰。'远行者6号'请求离港。"

"'远行者6号'，港口已经打开，100秒后离港。"

"'远行者6号'明白。常规发动机开始点火倒数！"

"兹……兹……"

"'远行者6号'……1100秒后启动增压发动机……兹……"

"莆田港……兹……我们上路了……我们上路了！"

"祝你们顺利，'远行者6号'……你们将在600秒后切过黄道面……2000秒后，太阳风帆将完全展开，展开宽度5000千米，角度37°，接受太阳辐射70毫焦……太阳风将吹动你们，提供给你们穿越宇宙的动力……60000秒后，你们将进入沉睡，太阳在你们身后遥望。在此之前，请确保船内所有设备正常……兹……我们无法确知你们复苏的时间……30亿秒后，你们的速度将达到光速的五分之四……兹……失去太阳风的吹拂之前，航行电脑将会寻找到新的动力……目标是……孟菲斯大裂谷……你们……兹……将在500年后离开我们所处的旋臂。到那时，你们将不再有天，有年……秒将是你们穿越茫茫星海的唯一度量……故乡在你们身后，然而直到世界的末日，你们都无法再返回……兹……'远行者6号'，永别了。"

"永别了……泥土（原文为EARTH，故尼古拉的翻译系统将其翻译为泥土）。"

　　相对来说，这段信息所包含的有效数据并不太多。综合其后陆续收集到的信息，尼古拉花了很大精力，才从这些口齿不清、含混不明的发音中分离出5个元音和21个辅音，一共24个基础发音。他的翻译机指出，这些发音能组成全部共约20万个有效单词——纯粹得不能再纯粹的拉丁语言。追本溯源，这段信息来自银河 ч ш－4700旋臂的外沿部分，距离拉修姆星3000亿~3700亿光秒的距离。也就是说，这段信息的发送者，至少在3000亿光秒前，还存在着。

　　"远行者6号"似乎是这个种族第一次向数千亿光秒之外移民的先驱，它花了很长很长的时间才穿越它们的小星系，奋力进入一个孤寂冷漠、无边无际的空旷宇宙中。根据尼古拉后来的推测，它们走了一条极端危险的路：离开银河旋臂，直接穿越空间，去到另一条旋臂。这条路比从银河内部绕圈要近得多，但问题是，对于初涉银河的人来说，这就好像离开江河，去到无边的海洋深处一样危险。

这个种族距离进入银河文明还有长远的路要走，从语言上就看得出来。它们的语言甚至不能直译"多层面对流凯拉迪斯引力逻辑环"这样的术语，非得说一句土得掉渣的"时空隧道"来形容。这种语系是如此古老，甚至需要在词组组成的表意句式中，加入"时间语法"作为辅助。尼古拉一共分离出来11种时间语法，但他估计至少会用到15种。

穿越宇宙的无线电信息具有中大奖般的素质：它们需要穿越浩瀚的星海，穿越看不见的电磁场、重力陷阱、高辐射中子星……那微弱的能量在数千年后还能被接收到，本身就是一个奇迹。没过多久，不管尼古拉在他的设备上下多大工夫，在那个时间段上再也找不到任何一丁点信息。

只能去时间里搜索幸存的信息了。尼古拉在时间轴上向后走了大约30亿秒，很快便找到了下一段信息。

"'远行者6号'……兹……信号受到干扰……我们不清楚你们能否收到这信号……我们很遗憾地通知你们，太阳风已经提前停止……兹……太阳已经死亡……我们不知道发生了什么……海王星外轨道发生了奇异的变化……冥王星已经……'远行者6号'，已经向你们发送唤醒信号……等你们苏醒后，你们可以选择第二目标……'远行者6号'……兹……"

信息在这里终止了。

仅仅1亿秒之后，情况似乎变得十分紧急，发布人的声音穿越空洞无助的时空，仍然显得紧促焦急，至少，尼古拉的情绪翻译系统是这么认为的。这段信息十分微弱，似乎发射它的设备已经缺乏必要的能源补给。

"'远行者6号'……'远行者9号'……'先进舰队'……'深空探测者7号'……'离岸舰队'……你们在哪里……兹……我们无法定位……时间很紧迫……奥尔特云可能已经消失……空间扭曲得很厉害，我们已经无法观测……有什么东西向星系（一个特定称呼，翻译机认为这是以他们恒星命名的）扑过来了！有人吗？我们向你们呼唤……你们去到哪里……请你们尽一切可能传回星图……我们无法离开，无法离开！大灾难已经……兹……如果文明中断，谁来恢复……我请求你们……"

这段令人毛骨悚然的信息后半段永远消失在浩渺时空中。尼古拉在时间线上来回搜索，再也没有从银河那条旋臂传来任何消息。那个文明已经在第一次出现的地方凋零，而一直到它临近终结时，它曾经发射进深空的那些舰队没有一支返回，或者传回星图。

也许曾经努力过……

也许根本没有时间返回……

也许那些舰队早就将它们的母星遗忘……

他打电话给银河那一头的朋友，问他那个旋臂小星系发生了什么事。"什么事？一颗超新星爆发了，把一颗中子星像乒乓球那样打了两万特拉斯 ①远……发生了什么事？一颗中子星还能干什么？想也想得到，它吞噬了沿途的所有东西，后来再度爆发，变成了一颗新星……问这个干吗？"

"问问呗……"

"问问？"

"……有一个小种族——"

"你是说，那中子星还干掉了一个小马蜂窝？"朋友在电话那头放肆地大笑起来。

"好吧，再见，特纳。"

"好。请我吃饭。再见。"

对大天鹅座 β 的特纳来说，也许一个边远地区未开化种族还当不了院子里的马蜂窝。特纳属于亚拉罕人种，这个有着巨大身躯、长着令人难以忍受的齿状腭的种族向来以吃掉那些弱小种族为乐，但尼古拉做不到。这段信息在他的心灵深处引起了不小的震颤，让他不由得想起拉修姆人从前那个已经消失了的，也许是被某个强大种族吃掉了的母星。他迫切地想要知道这个种族剩下的那些前往深空的人们的命运。

他将接收装置对准银河黄道面，来回搜索，搜索范围从100亿秒扩大到1000亿秒。对于那些还没有进化完成的种

---

①银河通用长度单位，1特拉斯约合130万光年。

族来说，这已算是一段漫长岁月。终于，400亿秒后，接收装置再次在那个特定的频率上收到了一小段断断续续的信息。

　　"'莆田2号'……这里是'搬运者77号'……请求入港。"

　　"'搬运者77号'，你的承重比太低。"

　　"是的。小行星安姆已经干涸，再也找不到矿源……我们需要补充能源，前往下一个……但愿我们能……"

　　"愿主保佑我们，'搬运者77号'……"

　　重新找到的信号表明，那个种族已经在太空中生活了很长时间，甚至可能远远超出他们生命的长度。他们离通过多维度自由来往于银河的技术还远得很，只可能是通过某种冷冻技术来延长生命。据传说，拉修姆人在抵达这颗行星前，也是使用类似的技术，以至于在坠毁时，还有大部分人没有醒过来——"死了个痛快"——传说用这句话结尾。

　　到目前为止，那个原始种族似乎只有当初的"远行者6号"上的乘员成功地存活下来。大灾难到来前，它们留在"泥土"上的母星文明也许曾绝望而狂乱地向空间发射了更多的飞船……可惜那些飞船要么没有躲过灾难，要么没有留下文明的种子，再也没有在银河系中留下只言片语；而其他提前飞离的飞船，比如"远行者9号""先进舰队""深空探测者7号"也再没有任何回音，尼古拉祈祷它们没有遇上特纳一族。"远行者6号"幸运地在距离原旋臂最近的一支旋臂的边缘定居下来。很遗憾，这个非常小的星系离银河的核心区域更远了，那是在2000亿秒之前的事了。

几百亿秒的时间里，它们小心地维护自己的文明，以小行星"暗星"为基地，不断地探索周围空间，但是，情况一天天变得糟糕起来。

"面向公众开放的……兹……反应堆将在2000千秒后停止……"

"……殖民院对此表示遗憾……"

"兹……殖民院……第七殖民卫星能量供应已经达到极限……请求立刻……"

"殖民院驳回请求……兹……已经没有足够的资源用于供给新的外空探索……"

"殖民院……矿石工厂将要关闭……"

"我们没有适合的人选……"

"……公务会要求减少前往空间工厂的……"

"……我们没有足够的原料继续供应空间项目……殖民院，我们要求削减空间项目……"

小星系里只有一颗昏暗的恒星和两颗足够居住的行星，而殖民者们的能量只能够维持他们不长的时间。这个星系里没有足够的资源，是一个典型的"无支持力"星系。听上去，它们似乎只来得及制造一个空间港口"莆田2号"，还不足以发展到星际旅行，资源就已接近耗尽。"远行者6号"的后代面临命运的考验，运气好的话，他们将永远停留在自给自足的未开发社会，运气不好的话……

尼古拉静静地等待着它们消亡。

几亿秒后，似乎已经到了决定命运的时刻。收到的消息，有的清晰，有的混乱。小世界正在前进与后退的巨大力量下分裂。

"'达·伽马号'，殖民院已经下令……兹……做好立刻离港的准备。"

"'莆田2号'……我们正在尽力发动……"

"你们要立刻……兹……接管港口内一切船舶的补给……"

"明白……"

"发射前准备，进入2000秒倒计时。"

"'莆田2号'！这点时间根本不够你们抵达舰上……兹……我们必须等待……"

"来不及了……兹……殖民院已经下令……'远行舰队'的成员来不及全部抵达港口……在这之前，我们就必须发射'殖民2号'……兹……你们只剩下这个发射窗口……兹……"

"'达·伽马号'明白。已做好发射准备……"

发生大事了。尼古拉提起精神，没有再驱动时空泡快速向前。他静静地等待着——信号中断了2800秒，然后，再次收到消息。

"'达·伽马号'……你的速度已达到10万千米每秒……你的目标星图已经上传到主处理器……兹……"

"明白。'莆田2号'，我们取道大裂谷，航向6-71-51，向SIPULITION星系前进。22000秒后，转入光速飞行。"

"'达·伽马号'，你们确信要穿越大裂谷吗？星图不太精确……兹……那段距离可能超出预期……兹……"

"'莆田2号'……我们没有选择……兹……没有足够的时间和燃料……我们只能冒险一试，否则……在我们穿越大裂谷后，将向第六纬度发射超视距定位信号。你们要紧跟我们……兹……"

"……兹……我们已经中断了与地面的一切联系……能量与物资供应已经中断……"

"他们退回洞穴，我们步入星海。"

"是的，'达·伽马号'……我们指望你们能……5000秒后，我们将登上'殖民2号'……兹……我们将在轨道上等待……我们将沉睡，直到你们将我们唤醒……'达·伽马号'，你们将独自面对3万光年的茫茫星海。祝你们顺利。愿主保佑我们大家。再见。"

"再见了……暗星……再见……人类。"

陷入了阶段式的无线电静默中。在其后的数百亿秒中，这个频段的背景辐射一直存在。"达·伽马号"孤独地向深空漂流，再一次效仿它的前辈"远行者6号"，穿越旋臂之间的空隙。在离开暗星所处的旋臂之前，"达·伽马号"偶尔会释放出它携带的行星系探测船"开拓者号"，探索沿途靠近的一些灰暗星球，但总是失望。由于不可动摇的资源分配法则（这个法则在银河于远古自旋生成时就决定了），在远离核心的银河外缘，既是星系灭亡的坟场，也是能量与物质湮灭的墓地。这里没有可供给的地方。这里的灰寒星群每分每秒都在向经过者发出亡灵的啧啧声，警告他们离开荒漠，回核心去。200亿秒后，"达·伽马号"进入绝对空旷的宇宙空间，不得不停止了此类活动，进入了长期睡眠中。

停留在暗星轨道上的"莆田2号"港口很快就被放弃了，在最后时刻，甚至有一部分港口的守卫被迫与港口同归于尽，才保证了另一部分人顺利地登上"殖民2号"。但"殖民2号"飞船没有立刻离开小星系。在暗星的一个较远的轨道上，"殖民2号"的人们满怀希望与恐惧入睡，期待着有被唤醒的一天。

那些留在暗星上的人类再也没有把他们的视线转向深空。

由于"达·伽马号"具有超越原始电磁波的速度，它将在宇宙中把它自己的信息甩在身后很远，所以，尼古拉不得不把时间一段一段向后推。需要同时计算空间与时间的关系，才能牢牢地抓住那道一闪即逝的电波。

770亿秒后，突然，某一天，"达·伽马号"的船员醒了过来，而且是在十分紧急的情况下。不知出于什么原因，船员们打开了公共广播系统，似乎想将此时此刻的信息直接播送出去，让其他未知的接收者听到。

"……从现在的时间计算，我们已经偏离轨道2万……不，3万2千光秒……"

"不可能……重新校验的陀螺仪一切正常……在过去的770亿秒中，陀螺仪一直稳稳地对准……兹……"

一阵嘈杂的声音。

"这是航行电脑在过去的200亿秒内绘制的新星图——这是我们在暗星上预测的航行星图……两者的差距已经扩大到……"

"……我要提醒你……我们的目标，是牢牢对准红巨星——现在它就在你我的面前。"

一阵可怕的沉默。

从过往收集的资料上，尼古拉估计"达·伽马号"上有200到250名船员，但做主的只有3到6人。其中一人被其他人称为"船长"，还有一人被称为"航行长"。巧合的是，"航行长"这个名字的发音与拉修姆星"总督"的发音十分相近。

上面发言的就是船长和航行长。航行长发现飞船偏离了轨道，而船长却认为飞船几乎是沿着直线在前进，没有偏离目标。这场争论几乎在一瞬间就发展到高潮，船上的乘客全部醒来，纷纷加入争辩中。

尼古拉理解他们为何如此焦急。尽管出生在文明网的圈子里，但尼古拉研究过很多古代种族以及他们试图穿越宇宙的种种尝试——在宇宙中，如果你没有对准"目标"，那么你就"什么"也没有对准。任何做常规飞行的飞船携带的物资都是有限的，一般来说，几乎就刚够抵达目标之用，而一旦你偏离航线，等到察觉，或许需要几千亿秒来修正你的错误；或者，走一条比原定路线更远的路去下一个目标。下地狱只需一秒，"欢迎光临"。

好多种族都灭绝在偏离航道的问题上。"能回到窝的蚂蚁从来都不是大多数。"

简短的争论之后，他们冒险释放出"开拓者号"。在一片没有星图、没有参照星体的陌生空间中释放小飞船十分危险，如果稍有不慎，"开拓者号"连回到母船的机会都没有。

"兹……但是连续星图定位表明，作为第二参照物的H-η1117星系和第三参照物的独角星一直准确地停留在航行图预定位置上……主参照物肯定出了问题……"

"根据三比一原则……航行电脑可以判定哪个方位是正确的……既然……"

"那为什么我们会被航行电脑提前唤醒？"

"我不能……兹……如果航行电脑判断这条航向正确……"

"……格罗夫……后面，'殖民2号'已经发射……他们的补给比我们还少，人员是我们的10倍……兹……如果我们带错路……兹……"

这后面是一连串电磁爆音，许多细节湮没在干扰信号中。等到信号恢复，已经是1000秒之后的事了——他已经烧掉了"下流胚子吧"的总保险，不得不流浪到他不喜欢的"老实水手吧"来。

现在，他重新找回了频率。但信息是那么模糊，在中断信息的770亿秒中，孤零零悬于辽阔深空的"达·伽马号"到底发生了什么？停留在暗星轨道上，却失去与行星一切联系的"莆田2号"港口、"殖民2号"飞船又发生了什么？尼古拉研究过星图，他们提到的大裂谷，其实是一条位于旋臂 чш-4971与次级旋臂 чфю1277之间的空间鸿沟。暗星位于 чш-4971的外缘，如果走投无路的殖民者想要回到资源丰富的银河内部，最近道路也是最空旷的，就是直接穿越大裂谷。

拉修姆星就位于大裂谷东端，收到这一连串信息，也许并不是偶然。

尼古拉把时空泡开回现实时空，向总台要了一杯饮料。他安静地坐在座位上，端着杯子。银河中大多数种族都是靠身体的虹吸管直接吸食流体的，就像Tasha尘埃云永无止境地吞噬着围绕双星的水云气那样。只有拉修姆人保持了一种怪异的方式，用容器盛水，然后用并不那么合适的嘴饮下。

现在，能否收到信息是一种赌博，与时间的赌博。根据"时空镝归原理"，某一固定时空泡不能够在一条固定的时空轨道上反复来回。时空是一种类似于面包般的固化物，穿越时空的努力，就像用一根针深深地插入时空面包，让它变形——时空"讨厌"这种变形，它会改变，以求维持时空的"惯性"。如果某个时空泡不断地"插进"某段时空，时空相对它而言就会收缩，最后还原成一个闭合环。换句话说，如果尼古拉不选择合适的插入点，而是任意挥霍他在这段时空上有限的插入次数的话，用不了多久，他本人就不能再返回这段时空，从而永远失去找到那个种族下落的机会。

在最后一条信息中，他们提到了某个星环——

"'达·伽马号'，我们距离……大约11000光秒——我们能看见通道，前导火箭开辟的道路非常清晰……星环在我们6-2方位大约3000光秒……"

"'达·伽马号'，我们能看见。非常清楚。我们能穿过星环。"

"'开拓者1号'……'开拓者'……信……'开拓者1号'！刚才的通信中断是怎么回事？'开拓者1号'，请回答！"

尼古拉叹了口气，联结上银河文明网，开始搜索大裂谷。

大裂谷是银河中一片孤寂空旷的荒野，几乎没有星系，只有一些奇怪的星体和暗星体。这些非恒星物质是怎么来到荒野中的，就连高度发达的银河文明都不能解释，也许它们只是一些出于某种原因被抛出自己星系的宇宙流浪者，然后被大裂谷中那片"绝对黑暗"物质所俘虏……这只是一种猜测。关于那"绝对黑暗"，银河文明已经争论了很久，目前所知的是：一、那里有东西；二、那东西完全不能被任何探测仪发现；三、发现这东西的唯一办法，就是冒险做穿越大裂谷的次空间跳跃，然后变成别人眼中一道闪了一下就消失的光……

　　到目前为止，"绝对黑暗"只对次空间跳跃的东西产生威胁；换句话讲，它就好像大裂谷悬挂的一道"此地禁止跳跃"的交通警示牌。银河文明很快就接受了这种警告。反正，大裂谷毫无价值，谁也没闲心花2000亿秒去穿越它，看个究竟。

　　他们正在穿越它的道路上。最后结局如何？尼古拉需要列出一张计划表，在时空镝归之前，他也许只剩下三四次空间跳跃的机会。

　　饮料喝完，他做出了决定。与其盲目地搜索时空，倒不如紧紧跟上他们的步伐。大裂谷中拥有星环的宇宙天体只有三个：红色巨星Sislan（这是颗已经死亡的恒星，可能是被某个超新星放逐到这里的残骸）、蓝色巨星Erlen'rad（它本身几乎不发光，但其剧烈翻滚的双层表面产生的强磁场让星球表面布满强电流，发出微微蓝光）、行星Balard（一颗石头）。三个星体分布在大裂谷中相距遥远的角落，无线电传递到拉修姆的时间相差上百亿秒。

他们会去恒星，还是去行星？

尼古拉把接收器对准行星Balard，时间是——1100亿秒之后。他停下时空泡，静静等待。过了很久，接收器里连该频道产生的"微能量泄露辐射背景音"都没有听到。尼古拉心里一凉，难道"它们"竟然会去到恒星的星环？

机会已经浪费一次了。他调整时空泡时脑子都紧得发颤。1007亿秒后，从Sislan传来的电磁波即将抵达拉修姆。一阵沉默后，突然，传来了电磁波的微响。

"兹……兹兹……"

"兹……'达·伽马号'……我们已经……穿越星环……红巨星……"

"'开拓者号'……兹……"

"达……兹……我不知道该怎么解释……你们不能相信……"

"'开拓者号'……发生什么事了？你们的飞行曲线很危险……会正面撞上红巨星……'开拓者号'……"

"不！我们航向正确……我想是正确的……'达·伽马号'……我们将迎上红巨星……"

"'开拓者号'！你们疯了！"

"'达·伽马号'……红巨星没有重力偏移，重复一遍，在我们的坐标上没有重力偏移……"

"那并不代表红巨星不存在！……兹……红巨星的引力扭曲场可能在另一个维度……我们现在不是20世纪……不要相信直观的……兹兹……"

"'达·伽马号'……我们正在冲向红巨星……必须要做出尝试，否则跟在身后的'殖民2号'就全完了……我们宁可……兹……我们正在下降……下降……距离红巨星2光秒！"

"阿列克斯！不……不！"

尼古拉闭上眼睛，等着从频道里传来船长绝望的声音。"开拓者号"是"达·伽马号"的前导船，而"达·伽马号"是从暗星逃出来的"殖民2号"的前导船。暗星已经坠落，如果这批人失去目标，那可就一切都完了。

几千秒后，"达·伽马号"的舰桥已经变成疯狂和崩溃的地狱，重新响起了声音。

"'达·伽马号'……'伽马号'……这里是'开拓者号'……听到请回答……我们在一片虚空中向你们喊话……"

"……"

"'达·伽马号'……你们在那里吗？或者我们已经不在原来的宇宙……我们不清楚现在在什么地方……'达·伽马号'……但是坐标显示我们就在红巨星的核心……"

"······"

"'达·伽马号'······30秒之后，我们将向空间发射一次电磁脉冲······如果你们能接收到，表明我们还位于同一维度······倒计时13，12······1······"

尼古拉点起的烟，在黑暗中发出微光。前拉修姆文明留下的为数不多的习惯，就是烦恼时在嘴边点上一根燃烧的棍子，然后位于大脑前额的主处理芯片会让身体里所有躁动的细胞都安静下来。

此时此刻在距离他数亿光秒之远、数千亿秒之前，"达·伽马号"先导飞船上，一定有人和他一样，在用嘴嘬着什么。等待命运现出真容的时刻，总是如此煎熬。

"······'开拓者号'！我们收到你们发回的信号！清晰可见！······兹······对你们的定位已经完成！你们······你们······你们在航向上······红巨星在哪里？！"

"'达·伽马号'，这里没有红巨星，重复，没有红巨星······兹······我们周围都是影像······难以置信······红得耀眼······我不知道该怎么形容······我们看不见星空······一切都被红巨星吞没了······"

"'开拓者号'！请你确认你的位置！"

"······是的······确认信号已经发出······"

"'开拓者号'······你们在红巨星里······我的天呐，发生了什么？……红巨星是空的？"

"……不……‘达·伽马号’……我认为这里根本没有红巨星。"

"什么！？"

"很难说得清楚……‘达·伽马号’……但是我猜测我们现在位于一个真实的宇宙投影中……我们进入红巨星中，但是周围看到的全部是扭曲的红巨星表面……无论我们飞到哪里……都只能看到红巨星的表面……围绕在我们四周……现在向你们传回影像……你能看到吗？"

"‘开拓者号’……影像很清晰……我……我们不能相信……"

"‘达·伽马号’……我们迷路了……"

尼古拉跳出座位，拨电话给大学天文台。因为这是打往"过去"的电话（此刻，尼古拉本人是在现实时间的1007亿秒后。由于在宇宙中，电磁波的速度无法超过光速，因此会出现飞船将自身发出的信号甩在身后很远的情况。几千亿秒前，"达·伽马号"与"开拓者号"的通信，要花同样多的时间才能抵达拉修姆星，因此尼古拉不得不把自身传送到未来才能接收到这些信号），所以花了好长时间才接通。接电话的是他的同僚，听声音，天文台大概在举办宇宙嘉年华，尼古拉不得不把声音调小到刚好能听到的程度。

"红巨星？"

"Sislan。"

"导航星？"

"导航星？！"

"呵，别那么激动，一个天文习惯用语而已——它怎么了？"

这问题问得真好。尼古拉自己也不知道它怎么了。他斟词酌句："它……它是空的？"

"它是空的！哈！这就是打越时电话来跟我说的事儿？特克萨斯系的Sislan是空的！真惊人！你可以把这项发现权转让给我吗？"

"听着，伙计，我不开玩笑。你知道我说的是裂谷中的那个Sislan。"

"你对星影感兴趣？"

"我不明白……"尼古拉一阵头晕。

"裂谷中的Sislan，我的老兄，是特克萨斯系的Sislan的空间投影。"

尼古拉发现自己坐牢了——时间牢笼。他已经没有更多的跳跃机会，随时可能被踢出这个时空，唯一的解决办法是不离不弃，直到这件事解决，或者信号彻底中断，他只能待在时空泡里等待。还好，时空泡里有点补给，有电，他就死不了。来回于各个时间穿梭，他已经搞不清楚现在的"现实时间"了。只有一点很清楚，他在"老实水手吧"账单上的数字恐怕比他旅行过的时间常数加在一起还要大了。

红巨星Sislan，是一个星影。即使天文台的家伙不给他解释，他也能大致猜出些道道。问题是，那个远在数千亿秒之前的种族显然不知道这个连尼古拉都闻所未闻的现象。它们传出的信息时断时续。"达·伽马号"和"开拓者号"两艘飞船在空间中保持了相当的距离，平行地向着银河彼岸飘去。在做出决定前，它们没有更多的能量来停止或者改变前进方向，而这个决定，将会决定数千人的生死和一个种族能否存活下去的希望。

时间一秒秒过去，两艘飞船上的所有成员的主芯片一定都过载了（尼古拉出生时，有自己的脑子，但随即就被生物工程改造为许多块处理芯片，因此他认为宇宙中的种族都是靠脑子里的芯片运作的）。他们很快就找到了问题的原因，出在路线选择上——对于急于跨越宇宙中的一大片空地，而又缺少时间和物资的种族来说，的确没有太多选择。他们想要在最短距离内跨越大裂谷，到达次级旋臂 ч ф ю 1277边缘，就必须为它们飞船的导航设备寻找一颗固定的、可预算轨道的星体，作为导航点。在这片空旷区域中，只有红巨星Sislan散发着数千亿光秒外都能看到的微光。

但是眼下的情况是，这颗红巨星并不在那里，而且它还会随着观察者的相对距离而在空间中发生不可思议的位移。宇宙当然无奇不有，但这次显然过头了。

他们花了几千秒时间，终于得出结论：大裂谷中，存在着某种质量巨大、也许远远超出文明人想象的物体。该物体由于过于沉重，使周围的空间向"下"陷入，最后可能被扭曲空间"包"了起来，以至完全不能被任何探测仪器找到。但是它所扭曲的空间在宇宙中形成了某种类似"透镜"的引力场，这个引力场将遥远的另一个星系里的某个区域放大、投影到了大裂谷中。但由于红巨星是个引力透镜成像的虚影，在宇宙尺度上的多维虚影与实验室里的蜡烛光没有可相提并论之处，所以，他们即使进入了红巨星的"内部"，仍然看得见它的外表。在过去770亿秒的航行中，他们与透镜的距离一直在改变，因此焦距也在改变，航向随之改变，把他们引到了绝境。

好吧，宇宙开了个玩笑。它开得起，受不了的人可以自行离开宇宙。

不知怎么的，尼古拉有一种负罪感，好像红巨星是他安排在那里糊弄人似的。在连续追踪这个种族很多很多很多秒之后，他已经认识了其中的许多人……"莆田""莆田2号""远行6号"……"达·伽马号""开拓者号"……船长、航行长……他们挣扎了无数岁月，形单影只地穿越银河，现在，他们要被迫黯然谢幕了。

两艘飞船重新聚集到一起。无线电沉默了很久，也许将要永远沉默下去。在无边无际的宇宙中，两艘比流星还要小的飞船，没有补给，没有港口，没有家园，没有目标……周围数亿光秒内，什么都没有，只有一团影子在燃烧，在嘲笑……算了吧，很多小种族都灭绝过，很多星球都沉沦过。

他们的同类，不也选择了沉沦吗？也许还生活得好好的，虽然永远失去了迈向宇宙的机会……

许多"可能"像虫子一样钻进尼古拉的主芯片中。他的逻辑单元做出推论，他们已经灭亡了。虽然这颗该死的芯片早在几亿秒前就得出了相同的结论，但这一次，尼古拉知道它是对的。

他轻轻一挺身，脱离开时空泡控制臂，准备关闭时空泡。就在这时，接收器响了起来。

"'开拓者号'，你已脱离船坞……速度3371，方向17-37……兹……"

"'达·伽马号'……船上一切正常……他们已经入睡……再过400秒，我也将进入沉睡，航向已经……"

尼古拉从座位上跳了起来。他们还要前行！去哪里？去哪里？！

"'开拓者号'……兹……星图已经上传到主电脑……我们不太清楚……但这是唯一的机会……那片尘埃云正在形成新的行星……如果该星系有其他行星……无论如何……我们已经没有……兹……愿上帝保佑你，足够支撑到……"

"愿上帝保佑我们大家。我们将在沉睡中等待命运裁决。"

"而我们将为你们照亮前方……兹……我们的反应堆将

在1776秒后爆炸……请将我们的位置传给'殖民2号'……我们将完全燃烧600秒……不太长……但足以让他们的导航器重新校正方位……"

"永别了，'达·伽马号'！"

"永别了……"

一会儿之后。

"阿列克斯，你还在吗？"

"……兹……我在……"

"如果……请不要忘记我们……"

"忘记就是背叛，'达·伽马号'。"

400秒后，"开拓者号"陷入了沉睡。这是他们最后的选择，不得不省下每一秒钟的补给。1776秒后，"达·伽马号"变成了宇宙中的一道一闪即逝的光。对于在它身后很远的地方，正沉默着前进的"殖民2号"而言，这道光将是黑暗星空中唯一真实的路标。

毫无疑问，接下来的很长时间里，将再也不会出现无线电信息。"殖民2号"与"开拓者号"更改航向，在黑暗中飘浮，根据过往的经验，里面的生物有99.999%的可能再也醒不过来。

时空泡内的空调单调地响着。尼古拉决定不再等待下去了。在回到正常时空之前，他叹了口气，稍稍在椅子上伸了伸腰。远方，Tasha尘埃云轰轰地吸入水汽，再过很多很多很多亿秒，那里将会生成一颗行星。和宇宙无限的生命比起来，任何有机物都渺小得可笑。

也许不那么可笑……
也许这并不好笑……
也许……
也许它们说的尘埃云就是Tasha？！

尼古拉几乎是发着抖，重新启动时空泡引擎。一个一直在他面前闪烁的数字艰难地从2变到1。他的时空镝归函数满了。再经过一跳，对他而言，这段时空就将永久封闭，他再也不可能亲身来体验这段历史，寻找那些绝望或者充满希望的信息。即使他再通过时空泡进入这些"时间"，时空相对他而言也将变得寂静无趣。

时空泡操作系统默默等待使用者输入前方时间点。它等了很久，终于，使用者在"起点"一栏，输入"现实时间"。过了好一会儿，他才在"终点"一栏，输入——1800亿秒前（此处的1800亿秒前亦是以现实时间为基础的，读者可以自己想一下原因）。

Tasha沉重的身躯转动起来，越转越快……宇宙翻过来倒过去，星潮漫过拉修姆，璀璨不可直视，然后慢慢褪去。

星空在1800亿秒前注视着尼古拉。他松开控制臂，站起来，走向窗前。

拉修姆在身下很远的地方。那时候，它还处于蒙昧中。没有建筑，没有灯光，没有穿梭往来的时空舰队。时空泡像个幽灵，飘浮在其上方几千里的空间中。

接收器"咯吱咯吱"地响着。静电噪声飘过空间。

不知道过了多少时间，突然——

"……兹……这里是'殖民2号'……兹……'达·伽马号'……兹……'开拓者号'……兹兹……"

尼古拉觉得自己背上的毛都立起来了。

"……'达·伽马号'……我们收不到你们的信号……兹……我们无法精确定位……我们能够看到……目标行星很清晰……'开拓者号'……你们在哪里？你们已经登陆了……你们能看到我们吗……兹……呼叫'达·伽马号'……"

现在，不需要借助任何仪器，在Tasha左面偏下的位置，一个闪闪发亮的点已经清晰可辨，那是某种低级空间推进器在脱离光速时产生的火焰。

在经历了数千亿光秒的近乎自杀般的旅程之后，由"达·伽马号"用生命指引的"殖民2号"终于抵达了目的地。那艘飞船已被时间和空间折磨得支离破碎，它摇摇摆摆地晃动着，目标已经近在咫尺，但脱离光速带来的冲击也让它一秒比一秒更加虚弱。

数百秒后，"殖民2号"爆发出一连串闪光。

"……兹……'达·伽马号'……我们出了一些故障……现在不清楚……我看见一些舱体离开飞船……'达·伽马号'！'开拓者号'……我们出问题了……飞船抖动得很厉害……我们不知道……"

那颗光点在空间留下许多烟和亮晶晶的碎屑，然后一头扎向拉修姆星的轨道，对于站在6万米的上空的尼古拉来说，那飞船几乎是从他脚底掠过的。他能看见那些伤痕累累的船体和早已歪斜的舰桥。一大半的飞船都裹在浓烟中。

"……有谁在那里……帮帮我们！帮帮我们……大部分乘客还没有苏醒……'达·伽马号'……谁在那里？请帮帮我们！"

尼古拉发疯般地从窗口这一头冲到那一头，但是隔着玻璃与时间的双重厚壁，他只能眼睁睁地看着飞船转到地平线的另一头去。频道里的惊叫声越来越大。

"警报！警报！主引擎熄火了！我们正在失去动力……

失去动力！”

"减速失败！减速失败！”

"速度在上升……我们要坠毁了！”

"稳住船体！”

"……第四舱的火势无法控制了……正在蔓延，正在蔓延！”

"船长室！我是第四舱！立刻放弃我们！放弃我们！”

"……第四舱剥离……第四舱坠毁……”

"控制不住了！”

"船长室！火势蔓延过中舱！”

"我们失去了870人！”

"船长室！如果再不决定，还有150秒就要撞击坠毁！”

飞船裹着熊熊大火从地平线的另一端冒了出来。尼古拉捂紧嘴巴。历史第一次在眼前历历上演，演员是一群经过了几代人努力、几千亿秒跋涉、从深沉的梦中惊醒的孤立无助的人。宇宙无视这些镶嵌在历史中的悲惨镜头。

"这里是船长室……'殖民2号'的全体船员……我们只剩下一个办法……只有一次机会……我们剩下的能量只够发射一个舱室，并让它安全降落……船员们……我们时间不多……需要立刻决定发射哪一个舱室……”

"第七舱室，船长！”

从即将坠毁飞船的各个角落传出隐约的声音。

"太好了。第七舱室是妇女和儿童。"

"但是……他们中间没有专业人员……如果我们坠毁……将来他们怎么生存下去？"

"只要延续，就有办法。"

各个舱室——舱室的数量更少了。几十秒之内，许多舱室都已失去了声音——传来赞同声。

"发射准备！"

"舱室封闭！"

"再见了，阿丽娜！"

"发射完毕！"

一个光球脱离飞船，笔直地向下坠落。飞船继续一圈一圈地绕着小行星飞行。大火已经将它完全吞没，可是从里面传出的声音却仍不绝于耳。

"舱室进入大气层！"

"飞行姿态正常！"

"减速伞打开……速度降下来了！"

"万岁！舱室将安全着陆！"

最后一句话，只有少数几个人响应。其他人都已消失在大火之中。

"……这是'殖民2号'在呼唤……'达·伽马号'……'开拓者号'……你们在听吗？我们已经按照与你们的约

定，在不知名的行星上播下了种子……感谢你们……我们不知道你们去了哪里……不过没关系……阿列克斯……我们曾经失去过……我们曾经流浪过……我们曾经放弃过……"

"但我们终将找到家园。"

从宇宙的角度来观看，这场大火是不存在的，然而电波刺破苍穹，坚定地向着遥远的未来前进。

关于作者和作品：

《永不消失的电波》获2007年"银河奖"，是我国超新星科幻作家拉拉的代表作之一。小说取材于某个梦境，充满了伤感和怀旧的味道。吴岩评价说作者在这篇小说中"找到了对我们的文明致敬的最恰当方式"。在所有人都聚焦未来的时代，追溯过往就成为令人费解的行为。然而"我们究竟从哪里来的？"这一问题一直深深地困扰着我们，在这个遥远未来的故事里，拉拉将对未来的探索与对过去的追寻完美融合。我们虽然不过是宇宙里的一颗尘埃，可谜底最后揭晓的那一刻，依然是如此的触目惊心。

没有答案的航程

韩松

生物

生物从昏迷中醒来，发现自己不再记得以前的事情。它躺在一个不大的房间里面，房间是半圆形的，周围是洁白的金属墙。一端有一个紧闭的门，另一端是窗户，透过它能看见室外群星森然密布。正对着窗户不远，是三张紧挨的皮制座椅，上面空空的，一尘不染。生物努力站起来，觉得全身骨架生疼，于是它心中浮起一个场景：一共有三个生物，就坐在这椅上，一言不发、久而又久地观看那闪亮的星空。但这个场景，遥远又陌生得很，并且转瞬就如烟一般消散掉了。生物便向自己发问：这是什么地方？我是谁？发生了什么事？我怎么会来到这里？……

它还没把所有的问题问完，便听见身后发出响动。它紧张地回过头去观望，只见那扇紧闭着的门吱呀地打开，门边

194

站着另一个物类。那后来者看见生物，脸上有种说不清楚的表情。这时生物便听到室中响起一种嗡嗡的声音，它惊讶地听清了是"你好"这个音节，而这竟是门边的那个家伙发出的。生物迟疑了一下，不由自主地回应道："你好。"这声音又使它们都吃了一惊，原来它们都会说话呀，而且这个不假思索脱口便出的语言，竟然是同一种呢。生物便判断它和对面那个个体是属于一个门类的，因此，生物推断从它的模样上便也能反映自己的形象：五官集中在一个脑袋上，有一个脖子，两手两腿，直立行走，穿着灰色的连裤服。生物因此开始重新认识了自己。

这种形象有些熟悉，但生物想不起在哪里见过，这使它非常不安，它在心里称后来者为"同类"。

接下来，生物飞快地跟同类进行了交流。它才知道，原来同类也失去了记忆。自然地，它们有了同病相怜、同种相亲的感觉，所以立即讨论了目前的处境。显而易见，这种讨论根本无效，因为他们头脑里供参考的背景知识荡然无存。很快它们就累了，生物和同类便怔怔地看着白色的四壁，任凭星宿从窗外流过……时间逝去了。同类突然叫出声来："喂，我们是在一艘宇宙飞船上！"生物循着这叫声，在几条隐蔽的脑沟中畏畏缩缩拾回一点似曾相识的东西：宇宙飞船、发射……好像是这么回事。"我们可能是这艘飞船的乘员。"它便也说，为零星记忆的恢复感到鼓舞。

在这种鼓舞之下，它们便做了如下假设：它们驾驶这艘飞船，从某个地点出发，去执行一次任务。中途发生的某种不测使它们昏迷，在这段昏迷中它们失去了记忆。飞船现在仍在航行途中，可是出了什么事呢？它们的智力之流至此再一次受到阻绝。另外一个思虑倒慢慢冒出来：飞船上就它们两个吗？它们不约而同去看那三张座椅。不错，房间内的座椅的确是三张。生物和同类梦游般移到了椅子跟前，然后小心地欠身坐了下去。这椅子分明是按照它们这种物类的体型来制作的，可是到处找不到操纵手柄和仪表盘之类的布局。它们对视一眼，觉得世界很奇怪，便咯咯地笑出声来，却又突然止住笑声。它们想到自己其实并不了解对方，亦不明身处之境。这时，星光以最佳的角度攒射进生物眼帘中，像无数的鱼儿竞身投入饥饿的池塘，召唤起它们对驾驶的冲动，只是生物和同类都忘记如何操纵这艘飞船了。它们仔细地体会着沁入骨髓的惊凛和恐惧。第三张座椅空着，还有第三者。

第三者

生物便说：“喂，得赶快找到第三者。”同类说：“如果它还能记起一些什么就好了。”生物说：“哪怕它也失去了记忆，我们三个在一起互相提醒，也许要好一些。三个臭皮匠，顶个诸葛亮嘛。”同类说：“这话很有意思。它是什么意思？你想起它来了？”生物腼腆地笑笑，它也不记得这句话的来历。同类又说：“可是它看见我们会吃惊吗？”生物说："我想它也在找我们呢。"

于是，它们俩开始在船舱内到处寻找第三者。它们知道肯定能找到它，因为有第三张座椅嘛！

这是生物和同类的首度合作，它们的配合竟是相当默契的。因而，它们都很惊喜地看看对方，心想，在出事前，它们就一定是一对好搭档(这是一个回忆的线索)。飞船的确不大，很快它们就走遍了旮旮旯旯，结果鬼影也没发现一个。它们不放心，又寻了一遍，结果如前。可是，为什么要设第三张座椅呢？四周静无声息，一种阴森不祥的气氛开始笼罩生物和同类，但它们还没有彻底地感到阴森，因为它们沉浸在唯一的收获中——弄清了，这大概真的是一艘飞船。它的结构简单，像一副哑铃(为什么这样的结构就是宇宙飞船呢？)。它们甚至确定飞船由一个主控制室(生物昏迷的房间)、三个休息室、一个动力室和一个生活室构成。其中，主控制室对于它们来说没用，因为它们忘记了操纵方法。但使它们惊喜的事情自然存在——在生活室里，它们发现了大量的食物，用它们知道的那种语言来讲，是"吃的"！食物使它们醒悟，它们腹中越来越强的那种不适之感叫作"饥饿"。饥饿是它们在飞船上解决的第一个实际问题，但这一问题很快被似乎更为重大的理论问题踹到一边去了。

没有找到有关这次航行的资料，没有找到足以证明生物和同类身份的资料，没有发现它们的任何个人物品。这样就不能回答那几个最关键的问题：它们是谁？它们从哪里来？

它们要到哪里去？它们要干什么？

　　飞船上没有白昼和黑夜，时间便像暗流。生物和同类都心情紧张，只好继续喋喋不休讨论出了什么事：一、事故，第三者死了，它们则失去了关键性的记忆（一些细枝末节倒还记得，比如"哑铃""门""窗""语言"等概念）；二、第三者被劫走了，连同所有的资料（飞船遭到过抢劫）；三、第三者是一个重要的人物，指令长之类；四、第三者正在劫持这艘飞船；五、没有第三者，第三张座椅是虚设的，比如为候补船员用；六、……

　　这种问题讨论下去照例又没有结果，更恐惧的是它们似乎来自一个喜欢讨论的种族(又一个可供回忆的线索）。于是在同类的提议下，它们又回到了现实。目前有这么一个问题：无论第三者存不存在，飞船总算在自己手中。尽管不知道来历和去向，它们得控制它，这才有光明的前途呀。这样一想，它们恍然大悟，一切似乎又都变得简单了，它们便动手动脚尝试。但一会后它们发觉这相当不容易，没有一个按钮，没有一台计算机，没有一个显示器，也没有一个文字和图案。在没有提示之下，生物和同类连一点操纵飞船的常识也记不起来。这已非行动与否的问题了。

　　接着，它们意识到这飞船也忒怪了。整个光溜溜的，浑然一体的感觉。它整个地包容它们，但它们无法动它一下。它被做成这种样子，这可能是一种先进的型号。设计师是谁呢？同类说它更像一个虫子的空壳。这虫子原来生存于无名的外星，它此刻虽然没有展示什么神通，却也漠视乘客的存在。不过，正常的结论似乎也应有三种：一、只有第三者知道操纵法；二、它们加上第三者能用复合意念共同操纵；三、这艘飞船是自动控制的。最后它们不约而同决定相信第三种结论。有了这样的揣想，它们松了一口气，便又一次强迫症似的开始聊起了无聊的话题。同类相信它们正在执行一项严肃的任务，它说："你难道认为我们原来是那种碌碌无为者吗？我觉得不可能。看看这艘飞船，这次航行，我想我们当初一定经过严格的训练和挑选，在这次航行中有着伟大的使命。"

"那也不见得，"生物反驳说，"没准儿，我们是两个逃犯，两只用作实验的动物。"

其实它心里也像同类那么想来着。它对眼前这位很感兴趣，它们的生活必定有过巨大的交集。什么逃犯，也许它们是彼此的至爱亲朋呢，但是好朋友一夜之间便互相不认识了。生物摇摇头，否认了这是它们原来生活的那个世界的普遍现象。

"那还真没准儿。"同类却微笑着接过了生物的话茬，打断了生物的沉思，生物便不知为什么有点不高兴。同类接着说："但是，也有可能，逃犯只有一个，另一个是上船来捉逃犯的警察。实验动物也只有一个，另一个是科学家。这种配合也正属于好搭档之列。"

生物只好干笑着拍了拍同类的肩膀，说道："你讲得太有意思了。幸好我们什么都记不起了，不然中间有一个可就麻烦了，老兄。"

　　同类推开它的手说："喂，你正经一点，好好想一想。我现在一点都不了解你，虽然我不明不白地要信任你。换几个问题问问，看你想不想得起来。第一个问题：你今年多大了？"

　　生物艰难地想了想，老实地答道："不知道。"

　　"你最喜欢什么颜色？"

　　"不知道。"

　　"有什么爱好？"

　　"不知道。"

　　"崇拜过谁？"

　　"想不起来了。"

　　"一生中最难忘的事情是什么？"

　　"好像没有。"

　　"你属于什么星座？"

　　"什么意思？"

　　"我偶然想起了这个。喏，星座。"

　　"星座？"

　　同类摊了摊手。船舱外的星光便沿着它的指缝，密密麻麻溢过来，针扎般刺痛生物的脑海。很长一段时间，它们都感到没话可说。但后来一想到这段情节，生物仍否认它们曾拒绝进行交流和理解。当时，它只是忍受不了这冷场，说道："你说，会不会有谁在寻找我们？"同类一惊，道："倒是有这种可能。如果我们接受派遣从某个基地出发，必定有谁在跟踪监测。"在无聊的话题行将结束的刹那，它们为最后偶然冒出的这个想法激动不已。那派遣它们的人，会不会就是第三者？

它们建议实行轮流值班制度。记忆的丧失使它们不敢轻易对任何东西下注，而且，它们对正在发生什么和将要发生什么毫无把握。所谓轮流值班，便是让一位休息，另一位在主控制室待着，虽然实际上不能控制什么，但可以对突发事件进行观测，发出警报。而值班者更重要的职责，便是等待万一遇上寻找它们的飞行器或者路过的其他飞行器，向其求救。虽然不知道用什么办法使对方获知它们的处境，但它们觉得，到时就应该会有办法。它们的智慧目前达到的地步便是这样。

方舟

等呀等，可是黑暗的空间好静谧，老不见第二艘飞船。生物和同类便失望之至，愤恨之至，随即又去看窗外的星空，星空亮晶晶的。宇宙像大洪水一样，从四面八方泻入荒凉的船舱和寂寞的心胸，于是它们又开始了无话找话。多亏了语言——它本身大概也是一种生命的形态，这时它们就这样感激地想。

"它们不管我们了。"同类骂道。生物便说："喂，看起来我们的世界已经毁灭了，我们俩是唯一的幸存者。"同类点点头说："这大概是事故的起因。但你说的跟《圣经》中的不一样。你的意思是我们乘的是挪亚方舟，那么鸽子呢？"《圣经》是什么武器？挪亚方舟又是何种疫病？为什么要提到鸽子？生物听了同类的话，痛苦地思索，它朦朦胧胧记起了一些往事，却不得要领。它自己也试探着说："那也应该有性别之分。这种场合，通常是安排一男一女。"同类就谨慎地发问："什么场合？"生物便又乱掉了方寸。性别是什么呢？一男一女又该干什么呢？一团模糊遥远的云彩，带着毛边儿，在它的神志中纵横切割，心乱与静谧的空间不成对应。语言杀人！生物慌慌张张地看看同类，发现它也在十分尴尬地打量自己。

"这些事情是说不清楚的，除非你真的记得。"末了，生物黯然地说。

"一定有什么地方搞错了，但不是我们的过错。"同类说。

渐渐地，它们的谈话中老有一个星球的名字出现，但由于没有年代的坐标对它进行定义，它们断定这东西大概没有什么价值，便把它抛在脑后。另外，它们逐渐回忆起自己跟"人"这个概念有关，这是一个沉甸得有点可怕的概念，它们有这种感觉。可是就算是"人"，也并不能说明它们是谁呀，因此也没有多大用处。于是，它们令人遗憾地放弃了这方面的进展，但是……第三者会不会是个女人？这种新的想法使生物的精神一振，忘乎所以地兴奋和慌乱起来。

威胁

飞船上没有白昼和黑夜，谁也不知宇宙中的时间究竟经过了多久。轮到生物值班时，群星仍然缄默，像做游戏的小孩绷着脸，谁先笑谁就输。生物晕晕乎乎坠入臆想。

窗外的星星都不知岁月地旋转着。那里的所有生物，也都如它们这样浑浑噩噩地生活着，不知生来死往，不知自己是什么东西，不知目的地吗？一瞬间它有隐隐约约的闪念，这正是它在昏迷之前向往过的生活呀，这正是一段如痴如梦之旅呀。但生物马上又确信整个航程是有目的的，只是它暂时忘记罢了。生物便蔫头蔫脑去看那张座椅，心里泡沫一般泛起没有指向的念头：第三者真的死了吗？还是它仍在这艘飞船上或者别的什么地方？如果它出现，它能告诉我一些什么？还有，女人的事……

它突然背脊发凉。

生物转头看去，一双眼睛在门上的小圆洞里盯着自己。它凝视着它们，一时不知道该做什么好。这是一双布满血丝的眼睛，充盈着怀疑和阴毒。它们和生物的目光接触的片刻，也凝固住了。生物跃起来的一刹那，那眼睛从门洞上移开了。生物冲出门，通道空空的，并无人迹。它蹑手蹑脚走回自己的休息房间，发现里面略显凌乱，显然被搜查过了。它一声不吭走出去，在门口它的腿部肌肉痉挛起来，这证明它的确是一个普普通通的生物。它费了好大劲才重新挪动脚板，匆匆去到同类的休息房间。它不在。生物刚要退出，却撞上它进来。同类看见生物在这里，满脸狐疑。生物告诉同类，第三者确实在船上。

"你看见了吗？"同类冷冷地问。

"我看见了。"生物的牙齿在颤抖，为同类这种口气感到委屈。

"不会是幻觉？"

"不会是幻觉。"生物十分肯定。

"它跟我们一样吗？"

"我没有看清它的脸面，但感觉是跟我们一样的生物。"

同类面部肌肉便有些抽紧，像一只游历太久的峥嵘的陨石。它说："你有没有看走眼？这艘飞船上不可能有第三者的藏身之地。"生物说："也许上次搜查时我们忽略了什么角落，它可能在跟我们捉迷藏，而且我的房间好像被人动过了。此刻'它在暗处'，我们在明处。"同类低声道："就像个幽灵？"生物解释道："它可能以能量态存在，我感觉得到。它现在可能正伏在飞船壁上，一直在外面跟着飞船。它跟我们不一样，它能在太空中呼吸和行走。"同类说："你怎么想呢？"生物的脸有些泛青，说道："它也许就在外面，要吸我们的血。你有没有听说过黑暗太空中的冤魂？"同类说："那都是水手们杜撰的故事。"生物说："可是这种情况下你不能不去想！一切都那么不可思议。"同类说："什么叫不可思议？第三者它究竟要干什么？"生物说："我能感觉到，这儿整个是一个阴谋。我们得找到它，赶快抓住它！"

同类咬着嘴唇，想朝前迈出一步，却好像是没有力量这么做。"你的分析不能说没有道理，你看见的也可能并非幻觉。"它开始慢吞吞地说，"但另一种可能性也许更符合常情。如果真有第三者，根据第三张座椅的样式和你刚才的描述，它最多是跟我们一样的乘员，那么它又会有什么特别呢？它一样没有了记忆，一样对环境不适应，它要是看见我们，也一样的恐惧，以为我们是阴谋者。"生物摇摇头，说："你是说，它在躲着我们，防范我们，猜测我们？"同类哈哈一笑道："你说一个生物在这种环境中，还能做别的什么吗？我觉得没必要去找第三者。找到了它又会怎么样呢？我们需要从三人中选一个指令长吗？我看还是让它要怎样就怎样吧。"生物说："不需要选谁当头，但我们可以减少每个人的值班时间，用余下的时间来恢复记忆。"同类说："可是食物就得按三个人来分配了……"同类突然缄口，突然又哈哈一笑。

当生物终于意识到同类道出了一个重大问题时，场面便有些尴尬。生物一直忘记了，第三者也要进行新陈代谢才能活着，可见记忆的丧失是多么危险。"如果它与我们一样是船员，它应该是有一份的……飞船本是为三个人设计的。刚开始我们不是努力找过它吗？"生物这样说，在内心中拼命否定什么，又在重建什么。它是那么的胆战心惊，甚至都不敢去看同类的眼睛。

"那是原先呀，有好多事情我也是这两天才想到。你就当第三者不存在吧。"同类见话说到这个地步，便这么回答。

生物承认它说得有些在理，又感到其中逻辑的混乱，而唯一的断线头又在随着时间的退潮一寸寸从它的手中滑脱。它在线索离手的一刹那，又回忆起了某些东西，但它没有把回忆起的东西向对方言说。它们仅仅达成协议，认定第三者并不存在，因为它们需要它的不存在。跟着，它们建立了另一项制度：在取食物时必须两人同时在场，并进行登记。尽管达成协议，否认了第三者的存在，仍然在值班制度中加入了一条对食物舱进行保卫的规定。一个明显的事实：为了维持它们的生存，食物的确在一天天地减少，但这是一个刚开始没引起注意的特别事项。对于"吃"的忽视是一件很重大的事情，同类是什么时候留意这个情况的？生物因为怀疑对方的记忆恢复得比自己更快，便第一次对同类产生了戒备之心，这种戒备有时甚至盖过了对第三者的戒备。生物企图否认这种情绪，它希望在食物刚好用完的那一天，飞船在一个地方落下，有人告诉它们这一切不过是一个精心设计的玩笑，哪怕它是一个无伤大雅的实验，是计划中的一部分，包括失去记忆。可是，万一要不是这样，会怎么样呢？同类是不是也在想这个问题，这是生物所不能知道的，但它这几天越来越寡言，这让生物很担心。生物希望叫同类一起商量一下，但每次它都无法开口，它不再认为商量能解决什么。而实际上，现在它们已开始对见面时要说些什么字斟句酌起来，先前那种古怪的闲谈成了真正可笑的往事。那个想法不断浮现：结局会怎么样？它们都会灭亡，还是……其中一人会灭亡？

生物的心被这个念头激荡着，冷冰冰地越跳越凶。跟着，大段时间里它努力使自己接受一个新的想法：同类说没有第三者是对的。

因为它就是第三者。

最后的晚餐

事实是，飞船上一共有三个生物(或三个"人")。事故发生后，同类最先醒来。它发现出了事，便杀害了一名同事——为了独享食物，然后又来加害于生物，这时生物碰巧醒来了。生物想：换了我，可能也会这样做。

要不就是这样：同类在控制飞船，它装成失去了记忆而实际却没有。为什么要这样呢？当然是一个阴谋，而生物是它的人质。这艘飞船的使命，极有可能十分肮脏卑鄙。生物要使自己接受这样的想法，就不能没有思想斗争。它是坏人还是好人？它是好人还是坏人？它要不是好人，会不会就是坏人？它要不是坏人，会不会就是好人？它要是好人，我该怎么办？它要是坏人，我又该怎么办？

唉，它怎么连以前的什么事都记不得了。

飞船上没有白昼黑夜，时间不知已流失到了何处，这是没有人来管的。生物和同类羞羞答答地又一块去取食，这次轮到生物登记。它查了一下，原本堆得如山似的舱里，各种食品已被吃掉三分之二了。就它们两人，消耗量也是很惊人的。由于有了那种新想法，它看同类的目光都跟以前不一样了。它有意只取不足量的食物，然后注意观察同类的反应。生物看见同类的眼睛时不觉愣了一下，这双眼睛布满血丝，似乎有怀疑和阴毒在其中一闪。它吓了一跳，但表面上不动声色。然而同类并不待生物捕捉到什么和证实什么，便表现出高兴和理解，拿了份饭乐滋滋吃去了。生物也开始吃自己的一份，这时它发现量确实太少了。同类便过来把它盒中的一部分扒拉到生物的盒中，这个意料之外的举动使生物的脸热了一下。它也不让对方捕捉到什么，便堆起笑容说："干脆再到舱里去取一些吧。"

同类用手压住生物的肩膀，不让它起来。"我知道你是好意，但是我们必须节省。"同类说，"我的确不太饿，你需要就去取一些吧。"生物便倍感惭愧，它努力不在对方面前表现出来，以免使对方觉得自己软弱，但内心情绪却终究表现在脸上。生物察觉到对同类的这种疚意中充满厌恶，这时它就像一个刻薄的可怜虫被人看穿了心事，但生物发现同类竟能装出若无其事的样子，这更使它感到深不可测的恐惧。这时，同类便静静地看着生物的鼻子尖说："到了目的地后，一切都会好的。等我们恢复了记忆，我就会想起，你原来一直是我的好搭档呀。"听了这话，生物忙随口答道："尤其是现在这样子，我们面对同一个问题，克服同一种困难，这将是多么宝贵的记忆呵。我一定要把这次航程中的种种事情告诉我们的后代。"

可怜的生物便又反复思考起来，一会儿觉得同类之外还有第三者，一会儿又觉得同类便是第三者。但它的想法并不能改变食物仍在不断减少的事实，并且减少的速度有些不正常。它们加强了守卫，却没有发现小偷。在没有捕捉到第三者之前，生物只好再次疑心同类在值班时偷窃了食物。生物开始监视它，从主控制室舱门上方的小圆孔观察它的工作，一连几次生物发现它甚为老实，它的背影写满忧患意识；它那么专注地注视一无所有的太空，的确让人感动。每当这时，生物便深知自己怪错了人，但同时它又非常希望同类去偷窃食物。飞船上缺少一个罪犯，这样便不能证明另一个人的合法性。生物拍了拍大腿，知道自己又开了一窍，然而终究使它不安的是同类的无动于衷。它知道自己在监视？而它会不会反过来监视自己或者它早已开始监视自己？生物便这么胡思乱想着，思维不断地颠来倒去，突然涌起了思乡之情。它回忆起在它原来的世界上，它并不这么贪吃。

过失

　　飞船上没有白昼黑夜，时间继续像大江东去，毫不反悔。飞船仍坚持它顽固的航程，没有尽头。生物和同类都更为沉默乏味，它们早已不再提第三者，但似乎大家都有同一种预感：冥冥中的第三者不久即要露面。是吉是凶，一切将真相大白。但就在紧要关头，不幸的是同类发现了生物在监视它。这打破了一切预定的安排。

　　它刚把头回过来，便与生物透过门洞的目光对个正着——就像那次生物和第三者陷入的局面。同类无法看见生物的整个脸，就如同那次生物与第三者对视。同类或许以为碰上了第三者，它明显有些慌张和僵硬。然后，它开始缓缓从椅子上站起来，这竟也花了那么长时间，而不像生物当时那样猛然一跃。同类开始向生物威严而奇怪地走过来，现在轮到后者僵硬了。同类身后洪水猛兽般的群星衬托着它可笑的身体。生物一边搜索解释的词句，一边想还有充足的时间逃跑，然而它却被一股力固定住，在原地没动。生物知道自己的眼睛这时也一定布满血丝，而且充盈着怀疑和阴毒，因为它看见同类越走近便越避开这道目光，而且步伐颤抖着缓慢下来。生物相信到这时同类还没认出它，它要走还来得及。同类走到门前停住，伸出手来。生物绝望地以为它要拉门的把手，但那手却突然停在空中，僵硬得像一根棍子。同

210

类的额上渗出血汗，仅仅是一瞬间，经过长途航行中时时刻刻神经折磨的这个躯体，便在生物面前全面崩溃，昏倒了下去。这真是出乎生物的意料，它忙"砰"的一声推开门，进去扶起同类，拼命掐它的人中，一会儿后同类睁开了眼睛。

"你疯了。我死了，你只会死得更快。"同类这么叫着，恐怖的眼白向外溢出，使劲把生物的手拨弄开，它一定以为生物要加害于它。生物大嚷着："喂，你看看我是谁。"同类却闭上眼，摇头不看。生物这时犹豫起来，最后它决定把同类弄回休息室，但在出门的瞬间，同类猛地掐住了生物的脖子。

"叫你死！叫你死！"它嚷着。

"你干吗不早说，"生物向它吼道，"既然心里一直这么想来着！"

生物很难受，眼珠也凸了出来。生物掰不开同类的手，后者拥有相当锋利的指甲。生物便仰卧在同类的身下，用牙乱咬它的衣服直至咬破皮肉，膝盖则冲它小肚子猛顶一下。这串熟练的连续动作使生物意识到它很早以前可能有过类似经历，它全身酥酥的而且想笑。同类立刻便昏过去了，生物便翻了一百八十度，攀上了同类的身子。它咬它面皮也掐它脖子，这回它处理得自然多了。同类喘出臭气，生物看见它脖子上的青筋像宇宙弦铮铮搏动，不由畏缩了一下。同类便得了空挣扎，生物便又加大气力。同类不动了，生物以为它完了，不料同类又开口说话：

"其实我一直怀疑你就是第三者……"

生物一对眼珠开始淌血，血滴到同类的额头上，又流到它的眼角。同类怕冷似的抽弹了一下，生物的小便就在下面汩汩流了出来。生物证实同类确不能再构成威胁之后，便去搜索它的房间，把一切都翻得凌乱。它没有找到足以宣判同类死刑的证据，它这才醒悟，原来它并不知道自己杀死的是一个什么生物(或一个什么"人"），就像它不知道自己是什么一样。生物开始感到小便流尽后的一种凄凉，一切只是一个意外的失手。生物告诉自己一定要好好原谅自己，这时它也没发现同类偷窃的食物藏在什么地方。生物做完了一切，全身困倦，横躺在那三张椅子上，这时它好像听见有人在叫它。它浑身一激灵，四处寻找，然而周围仍然只有白色的金属墙。墙上的门紧闭，再没有什么物类倚立。可是生物打赌自己的确听见了某个呼唤的声音，尽管这呼唤以后再没重复。之后，它产生了强烈的毁尸灭迹的愿望，但试了种种办法，都没有成功。没有器材、药剂，也找不到通往太空的门户。

性别之谜

余下的时间，生物便吃那些剩余的食物，以消除那种周期性的不适感觉。尸体在一旁腐烂，它就用食物的残渣把它覆盖，免得气味散发得到处都是。许多次，生物以为还会从门洞中看见一双监视的眼睛，却根本再没发现。那三张座椅仍然静静地原样排列，一张属于它，一张属于死人，另一张呢？生物没有兴趣再为这个开始就提出的问题寻找答案，它便去看星空，那是凶杀的目击者。生物便暂定它为第三者，以完成自我的解脱。它在自己的壳中航行，不知为什么，危险和紧张的感觉依然存在，而且另一种孤单的心绪也袭上心头，渐渐化为一种欲哭无泪的氛围。生物想不出再该干些什么，这个时候它便有与尸体聊天的冲动。等到剩余的食物吃了一半时，生物又继续吃另一半，即原来属于同类的口粮。

看着那具尸体，生物想：它说我会死得更快，这是没道理的，这人真幼稚。

这时，生物才注意到了它的性别，它承认这一点它发现得太晚。

这艘飞船——现在生物怀疑它真的是一艘飞船——便随着它的思绪飘荡，继续着这沉默、似有若无的旅程。

关于作者和作品：

《没有答案的航程》是中国科幻"四大天王"之一的韩松发表在《科幻世界》（1994年）上的作品，获1995年"银河奖"。故事中飞船的航程仿佛象征着人生的航程，飞船上的生物不知道自己从何而来，不知道自己的身份，也不知道飞船要开往哪里。生物通过观察判断出另一个生物是自己的同类，之后他们在一起相处，执着地追问着自身的本质以及飞船的目的地，就像是所有执着地想要给人生赋予意义的人的缩影。在生物和同类的相处过程中，他们互相猜疑，过程中产生了巨大的恐惧心理，人性的复杂和本质在博弈的过程中凸显，发人深思。这篇小说具有明显的社会寓言性质与对现实和传统的批判，基本奠定了韩松独有的风格。